世界文學名作選

張子樟◎編譯

情意深長的45篇美文，
讓文學花籽在心底遍開，萬紫千紅！

編譯者序

讓愛，永不止息！

人們把親屬之間的特殊感情稱之為親情。它是人人嚮往的永恆感情，無論對方貧窮或富有、健康或疾病、甚至善惡，認定後往往不顧一切，愛他（她）到底。這種不論族群、階級、膚色的永恆之愛有兩個特點：一是互相的，不能是單方面的；二是立體的，不是專一的。這種故事每日都會發生在我們的周遭，傳遞他們之間的永恆愛意。

這本書的編選，首先著重的是家庭之間親人的互動。孩子呱呱落地後，父母的愛是孩子人生中第一份貴重的禮物。父母如何選擇不同的教導方式來導正兒女為人處事的態度，是這本書的主軸。作者傳遞的可能是自己的親身體驗，也可能是聽聞而來的。他們用心良苦，構思編織，形之於文，讓我們深刻了解父母之愛。

長久以來，一般家庭中的父親角色常被忽略掉。為了養家活口，有些為人父者被迫長年在外奔波，成為子女心目中的另類陌生人。更令人心酸的是，在他們有適當機會面對親生兒女時，甚至不知如何尋找恰當的言語，表達他們一直深存於內心深處的至愛，然而他們的愛卻是真實永恆的，並不亞於母愛。

人世間本是天性且為人一再傳誦的母愛故事比比皆是，這類感人肺腑至深的故事也是本書不可或缺的。《第一份禮物》（*The Christmas Box*）的作者伊文斯（Richard Paul Evans）在這本暢銷書強調：人世間最重要的禮物就是父母永恆的愛。他深信這股力量會除去世間所有的暴戾之氣，並帶動世界的正常平和之運作。

除了父母之愛外，師生的互動之情與人間溫情的散播，也是本書強調的。這些感人的故事猶如暮鼓晨鐘般，不停的在你耳邊響起，不知不覺的融入其中，領悟人間永恆之愛的偉大。

這些作者並非我們熟識的文學大師，但人世間永遠不缺振筆如飛的高手。他們用平實的文字、真摯的情感，記錄了不同父母親情之愛，以及平常人互動間不知不覺流露出的真摯情感。對於不同年齡、來自相異背景的大小讀者而言，由於它們是深具分量、融合真情實愛的好作品，相信大小讀者細讀之下，都會覺得十分受用，因為這些作者筆下傳達的是現實人生永遠存在的真愛。

張子樟 於哄哩岸

2018年8月（照顧病兒第4年）

目錄

母親的故事

家的畫像

吾愛吾師

溫情滿人間

啊！父親，父親

在那幸福而懵懂的日子裡，

他像一棵高聳的大樹，為我遮蔽風雨、心有所靠；

他像無所不能的巨人，領我認識世界、勇敢探索。

終有一天，我將飛向自己的天空，請以我為傲，父親！

父愛無價

佚名

很多年以前，有一位非常富有的男人和他那年輕的兒子生活在一起。他們兩人都非常熱愛收藏藝術品。他們一起環遊世界，並且只把最好的藝術珍品納入他們的收藏品中。他們把這些藝術珍品掛在家中牆上，裝飾門庭。這位日漸衰老的鰥夫看著他那唯一的兒子逐漸成爲一位經驗豐富的藝品收藏家，心裡感到非常欣慰。他們與世界各地藝品收藏家進行交易時，兒子所展現高超的鑑賞力及敏銳的生意頭腦，尤其令父親引以自豪。

那年冬天，他們的國家捲入了戰爭。因此，這個年輕人離開了家，奔赴前線，爲國而戰。才過了短短的幾個星期，這位老人就收到一封電報，告知他那至愛的兒子犧牲了。心神狂亂的老人獨自寂寞地面對著即將到來的耶誕節，心裡充滿了痛苦和悲傷。

耶誕節的早晨，一陣敲門聲喚醒了這位神情沮喪的老人。他打開房門，看見一位手裡提著一個龐大包裹的士兵正向他敬禮。

士兵向老人自我介紹：「我是您兒子的一位朋友。我有一些東西要給您看。」

老人小心翼翼地打開包裹，裡面露出一張紙。他輕輕把它展開，原來是一幅肖像畫，畫的正是他至愛的兒子。雖然，這幅畫不是出自一位天才畫家之手，也稱不上是天才之作，卻精準的掌握臉部的細節特徵，可以說是惟妙惟肖。

老人睹物思人，看著兒子的肖像畫，彷彿又看到了兒子一樣，老淚縱橫，說不出話來。良久，他才強忍住悲傷，向眼前的這位士兵道謝，並說他將把這幅肖像畫懸掛在壁爐的上方。

兒子的這幅肖像畫成了他最珍貴的財產，它使得他對世界各地的博物館裡收藏的那些所謂無價珍品也感到意興闌珊。他還經常對鄰居們說，這幅畫是他迄今爲止收到最珍貴的禮物。

春天到了。這位可憐的老人得了一場大病，不久就去世了。根據老人的遺願，他所有的藝術珍品將在耶誕節那天拿出來拍賣。

耶誕節終於到了。世界各地的藝品收藏家聚集到拍賣現場，熱切地盼望著競買那些世所罕見的奇珍異寶。

拍賣會由一件任何博物館的藏品目錄上都不曾見過的繪畫作品開始——就是那個老人兒子的肖像畫。拍賣官向眾人徵求拍賣底價，但是會場裡卻是一片死寂。

「有誰願意出價一百美元買下這幅畫嗎？」拍賣官問道。

仍舊沒有人說話。又過了一會兒，從拍賣會場的最後方傳來一個聲音：「誰要買那幅畫啊！那只不過是他兒子的肖像畫。快把那些珍品拿出來拍賣吧！」

語畢，贊同聲、附和聲此起彼伏。

「不，我們必須先拍賣這一幅，」拍賣官答道，「現在，誰願意買下他兒子的肖像畫？」

最後，老人一個並不富有的朋友說話了：「十美元你願意賣嗎？那樣的話我就可以買下它了。」

「還有沒有人願意出更高的價錢？」拍賣官大聲問道。拍賣會場裡越發安靜下來。片刻之後，他喊道：「十美元一次，十美元二次……好，成交！」

拍賣槌重重地落了下來。頓時，拍賣會場人聲鼎沸，歡慶聲不絕於耳，有人叫道：「現在，我們可以競買那些珍品了吧！」

　　此刻，拍賣官無聲地環顧了一下群情激奮的觀衆，鄭重地宣布：「拍賣到此結束！按照這位老人，當然也就是肖像畫中那位兒子的父親的遺願，誰買下那幅肖像畫……」拍賣官頓了一下，遺憾地看了看衆人，「誰就可同時得到他所收藏的全部珍品！」

作者簡介

作者生平不詳。

悅讀分享

　　這篇故事敘述簡潔，說明一位父親對已過世的獨生子的摯愛，因爲兒子在老人眼裡是他最珍貴的，比那些價值連城的名畫還要珍貴。自從兒子爲國犧牲後，這幅畫像就成爲兒子唯一的紀念物。他希望有一個人可以買下這幅肖像，並像他疼愛兒子一般地精心呵護這幅肖像，如果可以找到這個人，這位父親願意奉送一切。

　　在拍賣過程的敘述中，讀者也感受到拍賣官的敬業精神和正直態度。他嚴守本分，沒有非分的念頭。整個過程順暢，也完成老人的遺願。

兒子的魚

〔加拿大〕P. 珀金斯

我環顧周圍的釣魚者，注意著一對父子。他們在自己的水域一聲不響地釣魚。父親抓住、接著又放走了兩條足以讓我歡呼雀躍的大魚；兒子大概十四歲左右，穿著高筒橡膠防水靴，站在寒冷的河水裡，兩次有魚咬鉤，但又都掙扎著逃脫了。突然，男孩的魚竿猛地一沉，差一點兒把他整個人拖倒了，捲線軸飛快地轉動，一瞬間魚線被拉得好遠。

看到那魚跳出水面時，我吃驚得合不攏嘴。「他釣到了一隻王鮭，個頭不小。」伙伴保羅悄聲對我說，「相當罕見的品種。」

男孩冷靜地和魚進行拉鋸戰，但是強大的水流加上大魚有力的掙扎，使孩子漸漸被拉到布滿漩渦的下游深水區的邊緣。我知道，一旦鮭魚到達深水區就可以輕而易舉地逃脫了。

孩子的父親雖然早已把自己的釣竿插在一旁，但一言不發，只是站在原地關注著兒子的一舉一動。

一次、二次、三次，男孩試著收線，但每次魚線都在最後關頭猛地向下游躥去，鮭魚顯然在盡全力向深水區靠攏。十五分鐘過去了，孩子開始支撐不住，即使站在遠處，我也可以看到他發抖的雙臂正使出最後的力氣奮力抓緊魚竿。冰冷的河水馬上就要漫過高筒防水靴的邊緣，王鮭離深水區越來越近了，魚竿不停地左右扭動。突然，孩子不見了！

一秒鐘後，孩子從河裡冒出頭來，凍得發紫的雙手仍然緊緊抓住魚竿不放。他用力甩掉臉上的水，一聲不吭又開始收線。保羅抓住魚網向那孩子走去。

「不要！」男孩的父親對保羅說，「不要幫他。如果他需要我們幫忙，他會開口的。」

保羅點點頭，站在河岸上，手裡拿著魚網。

不遠的河對岸是一片茂密的灌木叢，樹叢的一半淹沒在水中。這時候鮭魚突然改變方向，徑直躥入那片灌木叢裡。我們都聽到魚線崩斷時刺耳的響聲。然而，說時遲那時快，男孩往前一撲，緊跟著鮭魚鑽進了稠密的灌木叢。

我們三個大人都愣住了。男孩的父親高聲叫著兒子的名字，但他的聲音被淹沒在河水的怒吼中。保羅涉水到達對岸，示意我們鮭魚被逮住了。他把枯樹枝撥向一邊，男孩抱著得之不易的鮭魚從樹叢裡倒著退出來，努力保持著平衡。

他瘦小的身體由於寒冷和興奮而戰慄不已，雙臂和前胸之間緊緊地夾著一隻大約十四公斤重的王鮭。他走幾步停一下，掌握平衡後再往回走幾步。就這樣走走停停，孩子終於緩慢而安全的回到岸邊。

男孩的父親遞給兒子一截繩子，等他把魚綁結實後，彎腰把兒子抱上岸。男孩躺在泥地上大口喘著氣，但目光一刻也沒有離開自己的戰利品。保羅隨身帶著釣魚秤，出於好奇，他問孩子的父親是否可以讓他稱稱鮭魚到底有多重。男孩的父親毫不猶豫地說：「問我兒子吧，這是他的魚！」

作者簡介

P. 珀金斯，加拿大人，生平不詳。

悅讀分享

全文生動的描寫表明這位父親不但時刻關注著兒子，而且做好了隨時救援兒子的一切準備，體現了深沉的父愛，體現了父親對兒子的理解和尊重，注重對孩子獨立性格的培養。父親終於忍不住高聲叫出了兒子的名字，這是情不自禁的擔心，又一次點出了父親對兒子的關愛。因為父親這時清楚地知道，兒子已經精疲力竭，用盡了最後一點力量。父親對兒子那種特殊的情感，至此表露得淋漓盡致。

最後一句話表明父親尊重兒子的勞動成果，一切由兒子決定，強調父親肯定、欣賞這個沉著堅毅、倔強勇敢的小男孩。

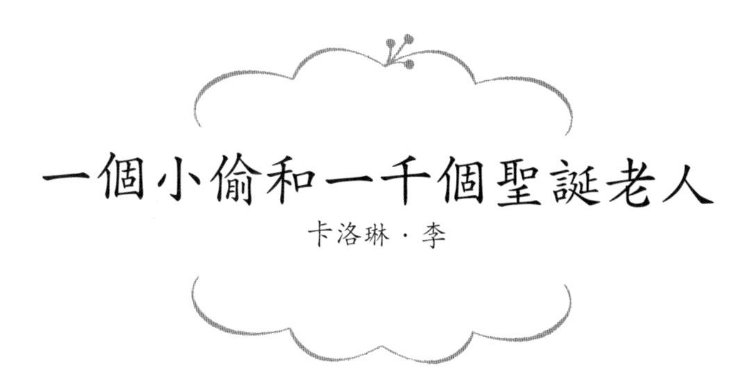

一個小偷和一千個聖誕老人

卡洛琳・李

家住彭薩柯拉的萊波里諾和他的兒子相依爲命，他的妻子一年前罹患重病離開了人世。由於妻子的病，耗用家裡不少錢，如今他們已沒有積蓄，只能靠領救濟金度日。

耶誕節快到了，五歲的兒子盼望著在節日那天，爸爸可以用自行車帶他到遊樂園玩，所以他希望聖誕老人送他們一輛自行車。兒子在紙上歪歪斜斜地寫了一封信，請爸爸到郵局寄給聖誕老人。之後，兒子每天都滿心期待地問萊波里諾：「爸爸，聖誕老人會收到我的信嗎？」

面對兒子清澈的眼神，萊波里諾哽咽了，他點點頭，安慰兒子說：「當然會的，聖誕老人最喜歡懂事的孩子了，你耐心地等著吧。」

眼看耶誕節就到了，可是到哪裡去弄一輛自行車呢？萊波里諾一籌莫展。耶誕節前夜，萊波里諾心事重重地走進家門，無奈之下只好欺騙望眼欲穿的兒子說：「聖誕老人給你送來聖誕禮物了。」

兒子興高采烈地問：「在哪兒？」

他告訴兒子：「不過，我把那輛嶄新的自行車放在公園草坪上，進了趟廁所回來，它就不見了。」

兒子信以爲眞，喃喃地說：「或許是哪個人借去用了。爸爸，你寫張告示吧，也許還能把聖誕老人給我的禮物找回來呢！」爲了安慰兒子，萊波里諾果眞寫了一張告示，希望小偷大發善心將自行車送回。平安夜，父子倆圍坐在桌前，忽然傳來一陣敲門聲，開門一看，沒有人，只有一個信封放在門口，裡面裝了兩百美元。信封裡還有一張便條，上面寫著：「每有一個小偷，就有一千個聖誕老人。」

這件事讓萊波里諾感動極了。但事情並沒有到此結束，接下來的幾天，他收到了好心人送來的十輛自行車。其中，有一輛正是一位小偷送回的，小偷還附了封愧疚的信。最後，萊波里諾只留了一輛，其他車子都送給需要的人了。因爲他的兒子永遠也不會騎車——他的身體已殘疾，在一次車禍中失去了一條腿。

這事萊波里諾沒有對任何人透露，包括他的兒子，這個祕密一直是他心中的痛。爲了抵消內疚，萊波里諾發誓：總有一天，他會扮演聖誕老人爲那些像他兒子當年一樣期待自行車的孩子送聖誕禮物。這個誓言，讓萊波里諾更加努力工作，終於在四十年後得以實現。至2006年，這位年逾古稀的老人，獻出的愛心是一千輛自行車。

作者簡介

卡洛琳・李，生平不詳。

悅讀分享

從一輛自行車，到十輛自行車，再到一千輛自行車；從無私的父愛，到陌生人的關愛，再到更博大、更具感染力的愛，都證明了一句話：有愛就有天堂。人間最不缺乏的就是愛，即使這愛中有謊言，有欺騙，都掩蓋不住它奪目的光彩。

特殊的電話號碼

〔美國〕 弗朗科・紐克魯格

我家是單親家庭，聽鄰居多莉太太說，我母親生下我不久就去世了。而父親對於我母親的事總是隻字不提。在我的印象中，父親是一個很冷漠的人，他從不跟我多說話，在生活與學習上對我的要求卻很嚴格。

父親擁有一家公司，在我們這個小鎮上算是一個富有的人，但我的零用錢從不比我的同學多。這還不算，他每天開車去公司時，都會經過我們學校。可是無論我怎麼央求，他從不肯讓我搭他的便車。我總是坐公共汽車或地鐵去上學。爲此，我在心裡很瞧不起父親，有時甚至恨得咬牙切齒。我將母親的病逝全怪罪在父親的頭上，母親肯定是受不了父親的虐待而死的。而父親一直單身，想必是因爲沒有哪個女人受得了他的脾氣！

十八歲的我就要離開美國去紐西蘭求學了。這是我第一次離家去那麼遠的地方，也是第一次離開父親這麼遠。

我對父親沒有多少留戀，甚至常常暗自希望早點兒離開他，離開這個令人窒息的家。臨行前，我將所有在紐西蘭求學的同學的電話號碼都調了出來，存在手機裡。但我還覺得不保險，因爲手機也有可能丟失。我又將所有的電話號碼全都記在筆記本上，可是我又擔心筆記本也不保險，萬一筆記本也弄丟了，我一個人在人地生疏的紐西蘭該如何是好？最後，我想出了一個辦法，那就是將電話號碼都記在新買的皮鞋裡、帽子裡、風衣裡，這樣我即便遺失了其中一樣，還可以在其他地方找到我需要的電話號碼。

在機場，父親破例爲我送行。在我的記憶裡，父親從沒送我去過什麼地方，以前去學校報到，也都是我獨自去的。所以對於父親送行時的沉默無語，我毫不意外，就算旁邊的幾對父母流著眼淚來送他們子女的場面，也沒對我的情緒產生影響。或許是因爲我從小養成的獨立習慣，我明白出門只能靠自己，其他任何事情都可以疏忽，但同學們的電話號碼絕不能弄丟。

到達紐西蘭之後，我急急忙忙地翻開電話本。首先是手機，可是手機裡第一個跳出來的竟然是一個陌生的電話號碼，再細看時，號碼後面竟是父親的名字。我這才想起，我居然從來沒有給父親打過電話，甚至連他的電話號碼都不認識。顯然，父親曾動過我的手機。我又打開筆記本，在筆記本的第一頁醒目地寫著父親的電話號碼——是父親的筆跡！我迫不及待地又翻出其他的東西，皮鞋、帽子、風衣，一一將它們翻了個底朝天，凡是我寫過電話號碼的地方，父親都在第一行加上他的電話號碼！一向粗心而專橫的父親竟然有如此細膩的心思，他要我在外面遇到困難時首先想到的是他！

我在學校裡安頓好後，習慣性地上網收取同學們的信件，我收到的第一封郵件居然也是父親的：

「弗朗科，我的孩子，你現在終於長大了，我等這一天已等十八年了！你的母親因難產而死，我答應過她要將你撫養成人，看到今天的你這樣自立自信，我眞的很高興。我想，你的母親在天堂裡也會爲你感到高興。但是，當我看到你的電話本上沒有記下我的電話號碼時，我很驚訝，一個孩子在外頭如果遇到了困難，首先想到的應該是他的父親才對。我想，是不是我對你的教育方式有問題？我是不是對你太嚴格了？孩子，我要告訴你的是，不管怎樣，爸爸都是愛你的……」

我壓抑了十八年的眼淚，霎時泉湧而出。

作者簡介

弗朗科·紐克魯格，美國人，生平不詳。

悅讀分享

嚴格管教孩子的父親故意不表露出來對孩子的愛，目的只是爲了培養孩子自立自信的性格。這位父親十八年來盡力壓抑自己的愛意，多麼不容易！然而他細膩的動作又是多麼體貼！這種先抑後揚的轉折，讓讀者產生閱讀心理上的大幅落差，也帶給讀者更大的閱讀快感。

人常說，「母愛似水，父愛如山」，父親總是以他更沉穩的目光關注著孩子的成長，冷漠威嚴的背後往往隱藏著無限的愛。

中獎之夜

〔美國〕 約・格立克斯

第二次世界大戰前，我們家是紐約城裡唯一沒有汽車的人家。當時，我十多歲，已經懂事了。在我看來，沒有汽車，就代表我家的生活處於最貧困的境地。

我們每天上街買東西，總是坐一輛簡陋的兩輪柳條車，拉車的是一匹老邁的雪特蘭馬。我母親像《大衛・考勃菲爾》（譯注）裡的人物那樣，把牠叫作巴爾克斯。我們的巴爾克斯是一匹模樣可笑又難看的矮種馬，牠長著四條O型腿，馬蹄踏在地上發出呱嗒呱嗒的聲音，彷彿在說，我們家裡窮得叮噹響。

我父親是個小職員，整天在證券交易所那囚籠般的辦公室裡工作。假如父親不把一半工資用於醫藥費以及接濟給比我們還窮的親戚，那麼我們的日子應還過得去。事實上，我們是很窮的，房子已抵押出去。一到冬天，糧行的老闆就把我們家登錄在帳冊的欠債戶裡。

我母親常安慰家人說：「一個人有骨氣，就等於擁有一大筆財富；在生活中懷抱一線希望，也就等於擁有一大筆精神財富。」

我挖苦地反駁說：「反正你也買不起一輛汽車。」

母親在生活上力求簡樸，在她悉心料理下，家裡的生活還是有趣的。她知道如何用幾碼輕薄的印花棉布和一點油漆，妝點出比較稱頭的氣派。可是，我們家的「車庫」中仍舊拴著巴爾克斯那匹馬。

一件突發的意外事件，把我那深埋心底的羞澀之情一掃而空，激動人心的時刻竟然來了！

幾星期後，一輛嶄新的別克牌汽車在大街上那間最大的百貨公司櫥窗裡展出了。這輛車將在市集節日之夜以摸彩的方式饋贈得獎者。

那天晚上，我混在人群外面的黑影裡，觀看開獎前施放的煙火，等候這場高潮的到來。用彩旗裝飾簇新的一輛別克牌汽車正停放在一個檯座上，在十幾盞聚光燈的照射下，光彩奪目。人們鴉雀無聲地等待市長揭開裝有獲獎彩券的玻璃瓶。

不管我曾經多麼愛作白日夢，也從來沒有想過幸運女神會厚待我們這個城裡唯一沒有汽車的人家。但是，擴音器確實大聲呼叫著我父親的名字！我連忙從人群中往前擠，看著市長把汽車鑰匙交給父親，然後父親在〈星條旗永不落〉的樂聲中把汽車緩緩地開出來。

回家的路儘管有一哩遠，我仍拚命地跑，彷彿別克汽車正載著我的女友去參加舞會似的。家裡除了起居室有燈光外，其他地方都漆黑一片。別克汽車停在車道上，前窗玻璃閃閃發光。而我聽到從車庫裡傳來巴爾克斯的喘息聲。

我氣喘吁吁地跑到汽車前，撫摩一下它那光滑的車篷，開了門，坐進去。裡面裝飾豪華，散發出一股新汽車的奇妙氣味。我端詳了一下閃閃發光的儀器板，得意地坐在靠背椅上。我再轉過頭，望向窗外的景緻，這時，從汽車的後窗看到父親強壯的身影。他正在人行道上散步。我跳出車，砰地關上車門，朝他奔去。

父親卻向我咆哮：「滾開，別待在這兒！讓我清靜清靜！」

他就算用棍子敲我的頭，也不會比這更傷我的心了。他的態度使我驚愕不已，我只得走進家門。

我在起居室裡見到母親，她看我悲傷的樣子，說：「不要難過，你父親正在思考一個道德問題。我們等他找到適當的答案。」

「難道我們中獎得到汽車是不道德的嗎？」我迷惑不解地問。

「汽車根本不屬於我們，這就是問題的關鍵。」母親說。

我歇斯底里地大叫：「哪有這種事？我們中獎明明是廣播宣布的！」

「過來，孩子。」母親輕聲說。

桌面的檯燈下放著兩張彩券存根，上面號碼是 348 和 349。

中獎號碼是 348。「你看到兩張彩券有什麼不同嗎？」母親問。

我仔細看了一下，說：「我只看到中獎的號碼是 348。」

「你再仔細看看。」

我看了好幾遍，終於看到彩券角上有個用鉛筆寫的淡淡的 K 字。

母親又問：「你看到 K 字嗎？」

「可以看到一點點。」

「這 K 字代表凱特立克。」

「吉米．凱特立克嗎？是爸爸的老闆？」

「對。」

母親把事情的來龍去脈一五一十的跟我說。父親曾問他老闆，他去買彩券的時候要不要順便代買一張，凱特立克咕噥著說：「有何不可？」老闆說完，就去忙了，後來可能也沒再想到這件事。父親用自己的錢以自己的名義買了兩張彩券，348 那張是給凱特立克買的。現在可以看得出來那 K 字是用大拇指輕輕擦過，正好可以看到淡淡的鉛筆印。

對我來說，這是顯而易見的事。吉米．凱特立克是個億萬富翁，擁有十幾部汽車，僕人成群，還有兩個專屬的司機。對他來說，多一輛汽車不過就像我們巴爾克斯的馬具裡多個馬銜。我激動地說：「汽車應該給爸爸！」

母親平靜地說：「爸爸知道該怎麼做是正當的。」

最後，我們聽到父親踏進前門的腳步聲。我靜靜地等待著結局。父親走到飯廳的電話旁，撥了號碼。他要打給凱特立克。等了好久，凱特立克的僕人終於接起電話，口氣不耐的說老闆在睡覺。這通電話鈴聲驚擾了他的好夢。父親把整個事情對他說了一遍。第二天中午，凱特立克的兩個司機來我們家，把別克汽車開走了。他們送給父親一盒雪茄。

直到我成年以後，我們才擁有一輛汽車。隨著時間流逝，母親的那句格言「一個人有骨氣，就等於擁有一大筆財富」益顯新的含義。回顧以往歲月，我現在才明白，父親打電話的時候，是我們家最富有的時刻。

譯注：《大衛・考勃菲爾》（David Copperfield）又譯名《塊肉餘生錄》，是十九世紀英國批判現實主義作家狄更斯的重要作品。

作者簡介

約・格立克斯，美國人，生平不詳。

悅讀分享

這篇作品主要強調人在面對誘惑時，如何作出正確的選擇。因此，「父親打電話的時候，是我們家最富有的時刻。」「父親」準備放棄汽車留下誠信（或「骨氣」）時，「我家」自然就贏得了道德的勝利，因爲誠信非金錢可買，是無價財富。

「一個人有骨氣，就等於擁有一大筆財富。」這句話首尾出現的用意十分清楚。開頭此話意在表明，這是一個重道德修養、重精神財富的家庭，爲下文故事的結局預設了伏筆。結尾此話意在點題、破題，骨氣與誠實是財富，誰擁有它誰就富有。

文中「我跳出車，砰地關上車門，朝他奔去。父親卻向我咆哮：『滾開，別待在這兒！讓我清靜清靜！』」這些文字在寫人和敘事上有其特殊作用。在寫人方面，以父親的動作、語言側面寫出「父親」面臨財富與道德選擇時內心的矛盾。在寫事方面，寫「父親」對「我」的態度，寫「我」的困惑，自然引出「母親」解釋原委的情節。

母親扮演了一個十分重要的角色。在中獎事情發生後，母親表現得平靜而沉著，這和父親形成鮮明的對比，一開始就把車子的去留提升到道德的高度來認識，雖未明確表態，但態度不言自明。對「我」的困惑，母親充滿耐心，教育子女溫柔而有方法。她不強加觀點給別人，而是對父親充分信任。她對家人常說的話：「一個人有骨氣，就等於擁有一大筆財富」，在在都表現出她的品德高尚，識見高遠，非比尋常。

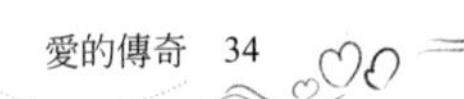

十八英里的懲罰

〔西班牙〕 傑森・班卡多

我成長在西班牙南部一個叫伊斯蒂普納的小社區裡。十六歲那年的一個早上，父親對我說，我可以開車載他到米加斯，那是大約十八英里遠的一個村莊，然後要把車開到附近的加油站去加油。那時候，我剛學會開車，但幾乎沒什麼機會可以練習，所以就毫不猶豫地答應了。

我開車送父親到米加斯，並約好下午四點來接他，然後我開去加油站，把車放在那裡。由於我還有好幾個小時的空檔，我決定去加油站附近的一家電影院看電影。不料，我完全沉浸在影片的情節當中，以至於忘了時間。當最後一部影片結束的時候，我看了看手錶，傍晚六點。我遲了整整兩個小時！

我想父親如果知道我一直在看電影的話，一定會非常生氣，他絕對不會再讓我開車了。於是我打算謊稱是因車子出了點毛病，需要修理，沒想到他們竟耗費那麼長的時間。當我把車開到了約定的地點，父親正坐在一個角落裡耐心地等著。我首先爲我的遲到道歉，再告訴他我本來想盡快趕來，但是這輛車的零件出了一些毛病。

我將永遠不會忘記那一刻他看我的眼神。

「我對你認爲必須對我撒謊這件事，感到非常失望，傑森。」

「哎，你說什麼呀？我講的全都是實話！」

父親又一次看了我一眼，說：「我發現你沒有按時來接我時，就打電話給加油站問是否出了什麼問題，他們告訴我你一直沒有過去取車。所以，我很清楚車子沒有任何毛病。」一陣負罪感頓時襲遍全身，我無力地承認了去看電影的事實以及遲到的眞正原因。父親專注地聽著，一抹悲傷掠過他的臉龐。

「我很生氣，不是對你，而是對我自己。我今天才發現自己作爲一個父親其實很失敗。如果這麼多年你仍然覺得必須對我撒謊，我的確是個失敗的父親，我養了一個不能跟自己父親說眞話的兒子。我現在要走路回家，並好好檢討我這些年做的哪些錯事。」

「但是父親，從這兒回家有整整十八英里。天已經黑了，你不能走回去。」

不管我怎麼勸阻、怎麼道歉，或是說再多的話，全都是徒勞。我無法阻止父親走在車外，對我上人生中最痛苦的一課。

父親開始沿著塵土彌漫的道路行走。我迅速跳到車上並緊緊地跟著他，希望他可以發發善心停下來。我一路上都在懺悔，想讓他明瞭我有多麼難過和抱歉，但是他根本不理睬我，繼續沉默著，思索著，面容充滿了痛苦。整整十八英里的行程，我一直跟著他。

看著父親承受肉體上和心靈上的雙重痛苦，我難受極了。然而，它同樣是我人生中最成功的一課。從此以後，我再也沒有對父親說過謊。

作者簡介

傑森・班卡多，西班牙人，生平不詳。

悅讀分享

這篇作品題目中的「懲罰」有兩層含義：一是父親對自己的懲罰；二是作者心理上的自我懲罰。

「我」遲到兩小時，應受懲罰的是「我」，因爲「我」編造謊言。「眼神」既失望、驚訝又遺憾的父親執意步行十八英里來懲罰自己，目的是以身示範，教育「我」改正撒謊的毛病，雖然沒有從肉體上懲罰，實際上也無形地從心靈上懲罰和教育了「我」，並上了「人生中最成功的一課」。

第七、八段使用語言牽掛和關心描寫，不僅表現出父親對兒子的嚴於律己，還說明父親是一個盡職盡責的人。兒子連對自己的父親都會說謊，何況對別人！將來怎麼能做一個誠實守信的人呢？這是作爲父親教育的失敗。

「我」看著父親步行十八英里，承受肉體上的折磨，心靈上也承受了極大的痛苦和折磨。因爲父親對自己的懲罰，使「我」永遠不再說謊，像父親那樣誠實守信，老實做人，這同樣是生命中最成功的一課。

文章採用神態、動作描寫，生動描寫了父親聽了兒子的謊話後的反應。他知道兒子不誠實，意識到作爲父親教育兒子的失敗，既是對過去做錯事的醒悟，又表明父親深深的懺悔和改正的決心，以幫助兒子改過。選取「懲罰」這件事情，更能體現出父親對兒子教育的盡職盡責，襯托出父親的偉大，表達了作者敬重父親的人品、心疼父親、學習父親誠實守信的感情。

埃普利大夫的兒子

哈洛德·埃普利

我是在佛蒙特州北部小鎮伊諾斯堡長大的。當地人見面打招呼都喜歡直呼對方的名字。不過，他們稱呼我的方式卻有些不同。在闊別家鄉多年以後，我回到這個熟悉的地方。伊諾斯堡的人認出了我，都微笑著向我問候——「埃普利大夫的兒子回來了。」

我尚在襁褓中的時候，父母遷居到佛蒙特州。父親性格溫和，在當地開診所。很快，伊諾斯堡的居民就接納了父親，人人都知道他是好人。整個鎮上的人都稱呼我父親「埃普利大夫」。自我懂事起，我就知道只要我在伊諾斯堡，我就總是「埃普利大夫的兒子」。

剛上小學的頭幾天，同學們都圍在我身邊，因爲我是埃普利大夫的兒子。老師對我說：「要是你能做到像你爸爸一樣，那你就是個聰明的孩子。」聽了這話，我禁不住開心地笑起來。小時候，我總是樂於告訴別人，我有一位受人尊敬的父親。

隨著年齡的增長，我的心態發生了變化。我越來越覺得被父親的名聲所「累」。父親的好名聲就像影子一樣，隨時隨地跟著我，讓我煩透了。我已經十六歲了，而鄰居們仍然叫我「埃普利大夫的兒子」。他們誇我是一個正直、勤奮的年輕人，將來一定會像我父親一樣受人尊敬。到後來，每當有陌生人問我是不是「埃普利大夫的兒子」時，我總要向對方強調：「我的名字是哈洛德。我不是小孩子了。」

「最近你爲什麼變得這麼倔強？」有一天父親問我。當時，我和父親正爲某件事爭吵。

「人人都希望我像你一樣，我不想做一個十全十美的人，我只想做我自己。」

熬過中學幾年，我選擇了一所遠離伊諾斯堡的大學。那兒的人都不認識我父親，再也不用擔心有人稱我爲「埃普利大夫的兒子」了。

那年冬天，我回家過寒假。在大學待了四個月以後，我認識了許多新朋友，並成了校園裡人氣頗高的人物。這是我憑自己的實力取得的，與父親的名氣一點關係都沒有。我覺得特別自豪。

那兩個星期，我最感興趣的是父親剛買的那輛新車。「讓我開著它出去兜兜風吧。」我跟父親說。父親同意了，不過他像往常一樣的告誡我：「開車要小心。」

我瞪了父親一眼：「我很厭煩你老是把我當小孩子看待。我已經上大學了，你該不會認為我連車都不會開吧？」

我開車上路了，沿途欣賞著佛蒙特州鄉村的美麗景色。車子走到一個交通繁忙的十字路口時，我的腳還踩著油門，正沉浸在駕車兜風的滿足感當中，沒有聽見前面的車子發出刺耳的煞車聲。等到發出「砰！」的一聲時，我已經來不及反應了，車子的前部結結實實撞到前輛車的尾部。

從車裡跳出來一個女人。「你這個傻瓜！」她厲聲罵道，「你開車不看前面的嗎？」我透過擋風玻璃仔細看了看，兩輛車都被撞得凹進去一大塊。我滿臉羞愧地坐在車子裡，那個女人仍不停地責罵我：「你車子買保險了嗎？修理費你出得起嗎？你叫什麼名字？」我手足無措，想也沒想就大聲說：「我是埃普利大夫的兒子！」話一出口，不禁愣住了，不敢相信自己居然會說出我一向非常討厭的那句話。幾乎是在同時，那個女人已變得和顏悅色了。「哦，對不起，」她說道，「我沒想到你是埃普利大夫的

兒子……」

一個小時後，我開著父親那輛撞壞了的新車回到家。父親沒有責怪我，只是關心地問我有沒有受傷。那晚是新年前夜，夜裡十二點整，家人朋友欣喜地互道祝福。回想起白天所經歷的一切，以及這些年來自己的驕傲和固執，我情不自禁地緊緊擁抱父親：「爸爸，謝謝你。新年快樂！」之前我與父親很少相互擁抱，那一刻我深深感受到做「埃普利大夫的兒子」的幸福。

作者簡介

哈洛德·埃普利，生平不詳。

悅讀分享

文中的「我」一直認爲自己活在父親的陰影下，父親是自己「甜蜜的負擔」。爲了擺脱這種莫名的心理障礙，便遠赴他鄉去念大學。他在學校力求表現，闖出了一片天。他對自己的小小成就沾沾自喜，引以爲傲。放假回到家鄉，徵得父親同意，開著家中新車出外兜風，沒想到一恍惚，從後面撞上一位婦女的車子。她得理不饒人，忍不住不停的責怪他。「我」招架無力，恍然無意識間報出了父親的名字，對方吃了一驚，不忍心再責罵他。「我」終於明瞭父親這把保護傘的功力，並非浪得虛名。

回到家後，父親不但沒有責備他，反而問他有沒有受傷。「我」沒有理由再繼續堅持己見，上前擁抱父親，解開多年來自己造成的心結。故事架構完整合理，容易贏得共鳴。

隧道

〔俄國〕 康・麥里漢

列車早不停晚不停，偏偏停在隧道裡——第一節車廂已經鑽出了隧道，而最後一節還沒有進去。

列車意外停車，乘客們都著急，只有坐在最後一節車廂裡的一位旅客不但不生氣，反而感到高興。這倒不是因為他那節車廂比別的車廂明亮，而是因為他的父親就住在隧道附近。他每次休假都要經過這條隧道，可是列車不在這兒停車，所以他好幾年沒有見過父親了。

這位旅客從車窗探出身子，叫住順著車廂走過來的列車員問道：「出什麼事了？」

「隧道口的鐵軌壞了。」

「得停多長時間？」

「至少得四個鐘頭吧！」列車員說罷，轉身走向隧道另一端。

車廂對面有個電話亭。這位旅客下車向父親打了電話，接電話的人告訴說，他父親正在上班，並把父親工作地點的電話號碼給了他。於是他再撥工作地點的電話。

「是兒子嗎？」父親不知怎的一下就聽出了他的聲音。

「是我，爸！火車在這兒要停整整四個鐘頭。」

「真不湊巧！」父親難過地說，「我還要忙四個鐘頭才能下班。」

「你不能請個假嗎？」

「不行呀！」父親答道，「緊急任務，但我或許能想個法子。」

旅客掛上聽筒。這時列車員正好從隧道裡走了過來。

「再過兩個鐘頭就發車。」他說。

「怎麼？兩個鐘頭！」這位旅客叫了一聲，「您剛才不是說要等四個鐘頭嗎？」

「修道工原本說要四個鐘頭才能修好，可是剛才他又說，只要兩個鐘頭就夠了。」列車員說完，轉身又向隧道另一端走去。

旅客飛快地跑向電話亭。「爸，你聽我說，是這麼回事，不是四個鐘頭，我只有兩個鐘頭了！」

「真糟糕！」父親傷心地說，「好吧，我加把勁，也許一個鐘頭就能搞定。」

旅客掛上電話。這時列車員吹著口哨，從隧道裡出來了。

「這個修道工幹勁眞大！他說了，一個鐘頭就能修好。」

旅客急忙又打電話：「爸，我剛才說得不對！不是兩個鐘頭，是一個鐘頭。」

「這可麻煩了！」父親懊喪極了，「半個鐘頭我無論如何是弄不完的！」

旅客又掛上聽筒。列車員也從隧道裡走了回來。

「嘿，眞是笑話！那邊說半個鐘頭就修好了。」

「該死的修道工，不是在胡說吧！」旅客喊叫著跑向電話亭，「爸呀，你十分鐘內能過來嗎？」

「可以，孩子！拚上老命我也要幹完這點活！」

「哼，這個修道工眞奇怪，先抱怨活太多，活太多，可現在又說只要十分鐘就可以修好了。」列車員又向旅客傳達了最新消息。

「混蛋，他在搞什麼鬼！」旅客嘟囔著罵了一句，又撥了電話，「爸，聽我說，我們見不了面了。這兒一個混蛋先說停四個鐘頭，現在又說只停十分鐘。」

「眞是個混蛋。」父親贊同地說，「甭著急，我馬上就過來！」

「各位乘客，快上車！」從隧道裡傳來列車員的聲音。

「再見了，爸爸！」旅客喊道，「他們不讓咱們見面！」

「等等，孩子！」父親上氣不接下氣地喊道，「我脫開身了，別掛電話！」

這時旅客已跳上車廂。列車駛出隧道時，他凝望著巡道工的小屋。凝望著小屋窗口裡用帽子擦著滿臉汗水的老人。電話亭裡，話筒裡仍在響著父親從遠處傳來的聲音：「我脫開身了，兒子，脫開身了！」

作者簡介

康．麥里漢，俄國人，生平不詳。

悅讀分享

本文的主題首先應該是父親的敬業精神，其次才是表現父子情深。小說第一、二段的作用是交代時間、地點，點出環境，爲人物的塑造、情節的展開做好了鋪墊。列車員的幾次不同表現，實際上是對父親的一再褒獎。

本文的主人公是身爲鐵路工人的父親。因爲本文就是通過列車停車時間的四次變化來表現這位鐵路工人的敬業精神。他可以請假去見兒子，但他沒有，以大眾利益爲重。父親愛子心切，爭取時間是爲了早點見到兒子。父親工作速度之快、效率之高，表現了父親的能力之強，也說明了父親是一位可愛可敬的人。

結尾點明修道工原來正是旅客的父親，給人一種出人意料的感覺。作者把主旨全部凝聚在結尾部分，有利於表現人物的性格，使文章主題得到了昇華，讓讀者感到豁然開朗，不禁拍案稱奇，從而產生一種獨特的藝術魅力。

細讀全文後，不知不覺有一種心酸的感覺。

爸爸獎

〔美國〕 羅伯特·福爾格姆

書房的架子高處，放著一只紙箱，上面寫著幾個大字：「好東西」。每當我俯案寫作，就能看到它，箱子裡是些私人收藏，是在一次次篩選丟棄中倖存下來的東西。若是小偷往箱子裡瞧，保證沒有他想拿的寶貝，裡面任何一件東西也值不了兩毛錢。不過，要是房子失火了，我逃命時一定會帶上它。

紙箱中有件紀念品。那是個小小的紙袋，一只午餐袋，袋口用釘書針和迴紋針封著，從一個邊緣不齊的破口可以看見裡面的內容。

這個特別的午餐袋，我已保存了十四年。實際上它是我女兒莫莉的。莫莉上小學後，每天早上熱情十足地給我們大家分裝午餐，用的就是這種午餐袋。每只袋中裝著一份三明治、幾個蘋果和買牛奶的錢。有時還有一張紙條或是一張優待券。

一天早上，莫莉遞給我兩個紙袋，一個裝著午餐，另一個卻用釘書針和紙夾子封著口，不知內裝何物。

「怎麼有兩個袋子？」我問。

「另外那個是別的東西。」

「什麼？」

「零零碎碎的玩意兒。只管帶上好啦。」我把兩個紙袋塞進公事包，匆匆吻了吻莫莉，就上班去了。

中午囫圇吞著午飯，同時撕開莫莉給的另一個紙袋，倒出裡面的東西。只見兩條髮帶、三顆小石子、一隻塑膠恐龍、一截鉛筆頭、一個小貝殼、兩片動物餅乾、一顆玻璃珠、一支用完的口紅、一個小布娃娃、兩顆赫爾希牌小糖果，還有十三枚硬幣。

我不由微笑：都是些什麼寶貝呀！我急著騰清桌面，好處理下午待解決的要務，便將莫莉的小玩意兒和我吃剩的午飯一齊掃進了垃圾桶。

晚上我正在看報紙時，莫莉跑到身邊問：「我的袋子呢？」

「我放在辦公室了，怎麼啦？」

「我忘記把這張紙條放進去了，」她遞給我一張紙條，「還有，我想把紙袋要回來。」

「為什麼？」

「裡面都是我最喜歡的東西，爸爸，眞的！我原本以為你也許會喜歡玩它們呢，不過現在我自己又想玩了，你沒把它弄丟吧，爸爸？」莫莉的眼裡閃著淚花。

「噢，沒丟，」我忙哄她，「我只是忘記帶回來了。」

「明天帶回來，好嗎？」

「一定。別擔心。」她鬆了一口氣，雙手摟住我的脖頸。我打開紙條，只見上面寫著：「我愛你，爸爸！」

我久久凝視著女兒的小臉。莫莉把她的珍愛之物給了我——那全是一個七歲孩子的珍寶。紙袋中滿盛著親情愛意。而我，不但忽略了這一點，還把它扔進了垃圾桶！天哪，我覺得自己簡直不配當爸爸！

反正無事可做，儘管辦公室離家挺遠的，我還是趕了回去。趁守門人來清掃之前，拎起垃圾桶，把裡頭的雜物一股腦兒倒在桌面上。正當我一件件挑揀那些寶貝時，守門人進來了。「丟了什麼？」他問。我覺得自己像個大傻瓜，於是就告訴他始末根由。

「我也有過小孩子。」他說。一對傻兄傻弟就在垃圾堆中扒揀起珍珠寶貝來，一邊相視而笑。看來幹這種傻事的確還大有人在啊！我把恐龍身上沾的芥茉洗掉，又拿清香劑對著那些寶貝好好的噴一遍，壓掉那股洋蔥味。我攤平那個棕色紙團，勉強使它像個紙袋，把那些玩意兒裝進去，然後，像揣著一隻受傷的小貓，小心翼翼將它帶回家。

次日晚上，我把紙袋還給莫莉，沒做任何解釋。紙袋已經很不像樣了，不過裡面的東西一件也沒少，這才是最要緊的。晚飯後，我請她講講那些寶貝，她便一個個掏出來，排一列擺在飯桌上。

她講了很長的時間，每一件物品都有一個故事。有些東西是仙女送的；赫爾希牌小糖果是我給的，她一直保存著，想吃時就拿出來享用。我一邊聽，一邊明智地不時插上一句「噢，我懂了」之類的話，而且，我也確實懂。

我吃驚的是，幾天之後莫莉又把袋子給了我，仍舊是那些東西。我感到自己得到諒解，再度獲得信任了，她依然愛我。我這個爸爸當得更加得意。一連好幾個月，那個紙袋不時交給我。但我始終沒弄明白，在一些特殊的日子裡，為什麼我有時得到它，有時又得不到它。我開始把它看成「爸爸獎」；於是每晚竭力要做個好爸爸，以便第二天早晨能夠得獎。

莫莉慢慢長大，興趣也隨著轉移，有了新的喜好。我呢，仍舊只有那個紙袋。有一天早上，她把紙袋給我後，再沒有要回去，我一直把它保存至今。

我想，在這甜蜜的生活中，自己肯定有時忽略了親人給予的親情愛意。一個朋友把這種情景叫做「站在河中，死於乾渴」。

喏，那只破舊的紙袋就在紙箱裡。很久以前，一個小女孩把它給了我，她說：「這是我最好的東西，拿去吧——給你了。」

我第一次得到它時，丟掉了它。不過，現在它屬於我了。

作者簡介

羅伯特·福爾格姆，美國人，生平不詳。

悅讀分享

大人常常忘了自己曾經年輕過，常常忽略孩子心中所珍愛的那些平凡、簡單的小事物，忘了自己曾經有過類似的行爲來展現對親情的渴望。

爲人父母者，平日忙於一家生計，缺少與孩子的互動，對孩子的異想天開，有時候難免看不上眼，甚至嗤之以鼻，不以爲然。文中的父親患了同樣的毛病，幸好懂得及時挽救。

父親是大男人，基本上不太能了解小女生的異想世界。女兒把她心目中各個「寶物」的來龍去脈都詳細的解說後，讓父親大開眼界，終於領悟女兒給予的珍寶——紙袋中盛滿的親情愛意，也學會珍惜女兒的禮物，不再隨便丟棄。心態的轉換破除了父女之間的無形障礙，家庭生活更加和樂。

父親的西裝

安東尼·約翰斯頓

父親的衣著總是令我害臊。我希望他能穿得像個醫生或律師，但是他永遠是一條破舊的牛仔褲，一把折刀將褲袋撐得變形，胸前的口袋裡亂七八糟地塞著鉛筆、雪茄、眼鏡、扳手、螺絲起子……

童年時，我經常爬進他的衣櫃。穿上他的衣服站在鏡子前面，想像他的襯衫是國王的長袍，腰帶是戰士的武裝帶。我睡在他的內衣裡，聞著他領口的氣味來抵禦對黑暗的恐懼。

但是幾年後，我開始希望父親能脫下牛仔褲，換上卡其褲，丟掉長靴，改穿休閒鞋。我不再睡在他的衣服裡，甚至開始夢想有另外一個父親。

我把自己人際交往的失敗歸咎於父親的衣著。當大孩子欺負我時，我認為是因為他們看到父親光著膀子遛狗的樣子。女孩子們在背後笑我，我覺得是因為她們看到父親穿著截短的牛仔褲割草——她們家裡都雇人整修草坪（就連那些雇工穿得也比父親像樣），而她們的父親正穿著檸檬黃的毛線衫和昂貴的沙灘鞋，在海灣的遊艇上享受生活。

父親一生中只買過兩套西裝。作爲修理工，他更喜歡那些不妨礙他趴在車下或者擠在冰箱後面的衣服，穿著這樣的衣服他才感覺自如。

但是在父母結婚二十周年紀念日前，他帶我去施樂百貨公司。整整一個下午他都在試穿西裝。每換一件，他就走到穿衣鏡前，微笑著連連點頭，問過價格後卻又換上另一件。試了大約十套，最後我們轉去一家平價服飾店，父親試都沒試就隨便買了一套。那天晚上，母親說她從未見過比他更帥的男人！

後來，他穿著這套劣質西裝，參加我八年級的頒獎典禮。我眞寧可他待在家裡。典禮結束後，他一邊讚美我，一邊換上褪色的運動衣。

當他端著換洗的衣物走向車庫時，我開口問他——如今想來，即便是對十四歲的孩子，這樣殘忍的問題也是不可原諒的。

「爲什麼你不能穿得像點樣，就像別人的父親那樣？」

父親震驚地看著我，眼中充滿悲哀。他努力地搜尋著答案，最後丟下一句：「我喜歡這樣的衣服。」他的身影消失在車庫中，緊閉的大門將我們隔開。

一小時後母親衝進我房間，重重地打了我一個耳光，罵我是「不知好歹的蠢貨」。這句話一直迴蕩在我心中，直到後來他們原諒了我。

我漸漸懂事了，知道女孩們躲開我的原因並不是因我的父親，而是因爲我自己。我明白父親那天其實是想告訴我，世上有比衣裝更重要的事情。那個晚上，父親講了很多。他說他不會多花一個銅板在自己身上，因爲他首先要滿足我的願望。「你是我的兒子，我做的犧牲，都是爲了你能過得比我更好。」他這麼說。

在我高中的畢業典禮上，父親穿了一套新西裝。他看起來比平時高大了些，更加瀟灑，更加儀表堂堂。當他走過時，其他的父親們紛紛爲他讓路。當然不是爲了那套新西裝，而是因爲穿西裝的人。

那些醫生與律師們從他的昂首闊步中，看到了他的自信，看到了他眼中的驕傲。當他們與他交談時，充滿著禮貌與尊敬。回到家裡，父親立刻把西裝放回施樂百貨的購物袋中，從此我再沒見過它，直到父親的葬禮。

我不知道父親去世時穿的是什麼，但是當時他在工作，想必穿的是他喜歡的衣服，這令我有了些許安慰。母親想給他換上那件施樂的西裝下葬，但是我說服了她，改換上舊牛仔褲、法蘭絨襯衫和長靴。

葬禮那天早晨，我用折刀在他的腰帶中多鑽出一個眼，這樣它就不會從我腰間滑下。我從他衣櫃中取出那件施樂的西裝穿在身上，鼓起勇氣站到鏡子前。鏡子中，除了那件西裝，我顯得是那樣的渺小。

仍像童年時那樣，父親的衣服鬆鬆垮垮地搭在我瘦小的身軀上。父親的氣息依然清晰可聞，卻不再能安慰我。我心中充滿惶恐，並非因爲父親的社會地位——我已不再是那個什麼都不懂的蠢貨。不，我的惶恐來自我自身，來自對自己的自卑。我站在那裡良久，面對著父親鏡中的我。試著去想像，正如我此生將一直去做的——想像有一天我會像父親一樣高大，撐起父親的衣服。

作者簡介

安東尼·約翰斯頓，生平不詳。

悅讀分享

父母無法選擇子女，同樣的，子女也無法選擇父母。絕大多數的父母一輩子都在爲子女打拚，然而並不是所有的子女都能體會父母的用心和苦心，一直要到他們成熟時或爲人父母時，才知道自己當年的無知與愚蠢。

故事中的主角希望父親的衣著光鮮亮麗，卻不知父親所有的努力都爲了他。他嫌他的父親整天穿著簡樸的工作服，甚至把自己人際交往的失敗都歸罪於父親的衣著。當父親穿著一套劣質西裝去參加他八年級的頒獎典禮後，他終於頂撞他父親，說了不該說的傷人的話。

母親的重重耳光打醒了他。他終於了解父親所做的一切都是爲了他。等到他高中畢業典禮時，他父親的自信與驕傲贏得了醫生和律師們的尊敬，但絕不是因爲他身穿一套新西裝。

父親葬禮時，他穿著父親的新西裝，希望將來有一天像他父親一樣高大。他終於領悟到，衣著不如品德和工作態度那麼重要。

故事鋪陳自然，刻畫一位完美的父親如何以身教來教導兒子。兒子也領悟出爲人父母的不易，才能知道如何取捨。

父親坐在黑暗中

〔美國〕 傑羅姆・魏德曼

父親有個獨特的習慣。他喜歡獨自一個人在黑暗中靜靜地坐著。

好幾次，晚上我在房間裡讀書，聽見母親收拾房間準備睡覺，聽見弟弟爬上床。聽見姐姐走進房間，聽見她梳理時的瓶子梳子的響聲。我繼續讀書，不久覺得渴了，就到廚房找水喝。我已經忘了父親，然而他卻還在那兒坐著，吸菸，沉思。

「你爲什麼還不睡，爸爸？」

「就去，兒子。」

但是他沒有去睡，仍然坐在那兒，吸菸，沉思。這使我擔憂，我不能理解，他在想什麼呢？有一次我問他：「爸爸，你在想什麼？」

「沒想什麼。」他說。

有一次，我任他坐在那兒，自己去睡覺。幾個小時後，醒過來，我覺得渴了。走進廚房，他還在那兒！菸斗已經熄了。但他還坐著，凝視著廚房的一個角落，過一會兒，我習慣了黑暗，倒杯水喝了。他仍然坐著，凝視著角落，眼也不眨一下。我想他甚至不知道我進來了，我害怕起來。

「爸爸，你為什麼不去睡覺？」

「就去，兒子。」他說，「不要等我。」

「但是，」我說，「你在這兒坐好幾個鐘頭了，出了什麼事？你在想什麼？」

「沒想什麼。」他說。

「沒什麼，兒子。」他又說，「沒什麼，只想安靜一會兒，就這樣。」

他說話的方式讓人相信，他看上去並不憂慮，聲音平靜，愉悅。他總是這樣，但我不能理解。獨自坐在黑暗中，坐在一把不舒服的椅子上，一直到深夜，有什麼意思？

究竟怎麼回事？

我考慮了所有的可能性，我知道他不可能是為錢的緣故，不可能是為了他的健康，也不可能是因為家裡任何人的健康。我們錢是少了一點，但身體健康（能撞倒大樹，我母親會這樣說）。到底是為什麼呢？我恐怕不知道，卻不能放下心來。

爲什麼他總是坐在黑暗中？他的心智衰竭了嗎？不，不可能，他只有五十三歲，而且和從前一樣思緒敏銳。他甚至不比三年前顯老，每個人都這樣說。大家說他保養得很好。但是他眼都不眨一下，孤獨地坐在黑暗中，凝視著前方，直到深夜。

「出了什麼事，爸爸？」

「沒什麼，兒子，什麼也沒有。」

但是這次我決心不讓他敷衍過去。我憤怒了。

「那麼爲什麼你獨自坐在這兒，沉思到很晚？」

「這樣很安靜，兒子，我喜歡這樣。」

夜已深。屋外街道闃寂無聲，屋內一片漆黑。我輕輕走上樓，樓梯吱吱發出聲響。

我脫下衣服，然後又發現自己有點口渴。我赤腳走到廚房，我知道父親準在那兒。我能看見父親弓著背，坐在愈發深沉的黑夜裡的身影。他坐在那張椅子上，他的胳膊肘支在膝蓋上，嘴裡叼著熄火的菸斗，眼睛一眨不眨地直盯著前方。他似乎不知道我在此。他沒有聽見我進來。我靜靜依靠門框，注視著他。

我一動不動地站著，我開始留心諦聽。冰箱上的鬧鐘發出滴滴答答的聲音；夜空裡偶爾傳來摩托車穿街走巷的隆隆聲；街上的廢紙被微風吹起的窸窸聲，隱約可聞；人們竊竊私語的聲音，如輕柔的呼吸，此起彼伏。這一切讓人產生一種愉悅、奇妙而特殊的感覺。

口渴使我從沉迷中驚醒，我輕快地走進廚房。

「嗨，爸爸。」我說。

「啊，兒子。」他說，他的聲調很低，聲似夢中呢喃。他並未移動身子，也未停止專注地凝視。

我找不到水龍頭。窗外路燈的暗淡光影使屋裡顯得更加黑暗。我搆著屋子中央的燈繩，拉亮了燈。

父親身子一陣痙攣，彷彿被什麼東西咬了一口。

「爸，出了什麼事？」我問。

「沒事，」他說，「我不喜歡燈光。」

「燈怎麼啦？」我問。

「沒什麼，」他說，「我不喜歡光亮。」

關掉了燈。慢慢地喝水，我對自己說：必須安定下來，我定要弄個明白。

「你為什麼不去睡覺？為什麼你在黑暗中坐到這麼晚。」

「這樣很好，」他說，「我不習慣電燈。當我在歐洲還是個孩子的時候，我們沒有電燈。」

我的心猛地跳了一下，很高興又緩過氣來。我覺得開始明白了，我記起了他童年在奧地利的故事。我看見一臉笑容的克雷契曼和祖父一起站在酒吧櫃後面。很晚了，客人們都離開了，他還在打盹。我看見了燃燒的炭火最後的餘焰。房間已經變暗了，越來越暗，我看見一個小男孩，伏在壁爐旁邊一堆火柴上，明亮的眼睛一動不動地凝視著已經熄滅的火焰殘留下來的餘跡。那個男孩就是我父親。

我又記起那曾有的幾次快樂的時刻，我靜靜地站在門口，看著他。

「爸，你的意思是沒出什麼事嗎？你坐在黑暗中，是因爲你喜歡這樣？」我發現很難不讓我的聲音高上去，像快樂的叫喊一樣。

「是的，」他說，「開著燈，我不能思考。」

我放下杯子，轉身回自己的房間，「爸，晚安。」我說。

「晚安。」他說。

接著我想起來，轉過身來問：「你在想什麼，爸爸？」

他的聲音好像是從很遠的地方飄過來，又變得平靜下來。「沒什麼，」他柔聲地說，「沒什麼特別的。」

作者簡介

傑羅姆·魏德曼，祖籍奧地利，美國著名猶太裔作家。

悅讀分享

父親幾小時坐在黑暗中抽菸和沉思，讓「我」感到驚訝和不解。幾次詢問，幾次催促，父親依然故我，「我」感到不安與擔憂，決定要弄個水落石出，卻不能眞正明白父親，因此既生氣又困擾。最後，「我」終於解開了心中的謎團，感到輕鬆、愉快。

全文屬於側面描寫。通過「我」的聽覺描寫家人依次就寢的情況。除了烘托夜深人靜，突顯父親坐在黑暗裡的習慣外，並爲下文「我」的擔憂與詢問做鋪墊。文中細膩、傳神地寫出夜深人靜時，各種神奇的聲音；營造出寧靜、美妙而迷人的意境；暗示情節將出現轉機，或者爲下文作者對父親的理解作鋪墊；烘托「我」輕鬆愉快的心情。

通過側面描寫，寫出父親身體健康、神志清楚，外表也平靜、快樂、沒有憂慮。從外貌和語言描寫，表現了父親蒼老孤獨、慈祥溫和；從父親喜歡「坐在黑暗中」，可以看出父親嚮往寧靜、喜愛回憶、內心充滿無人理解的孤獨。

「父親坐在黑暗中」一語雙關，既要理解其表層含義，即父親喜歡坐在黑暗中，獨自一人靜靜地抽菸、沉思；年老的父親更喜歡活在對往日的回憶裡，又要理解其深刻內涵，即父親到了晚年，進入一種寧靜、孤寂、落寞的老年生存狀態。年老的父親有著獨屬於自己的內心世界，別人很難領會；我們要給予老人關心、理解和尊重。

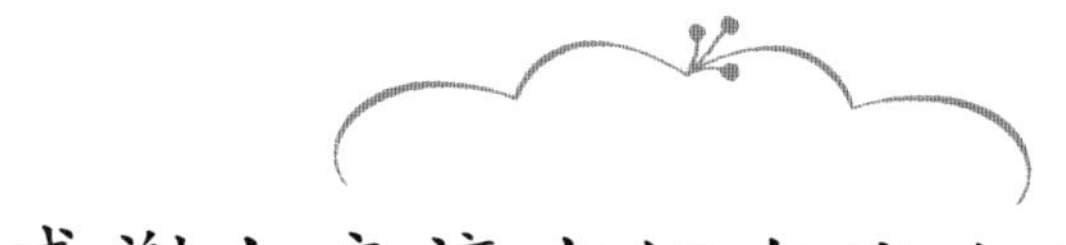

感謝上帝讓我們有機會說出愛

特蕾西．安德森

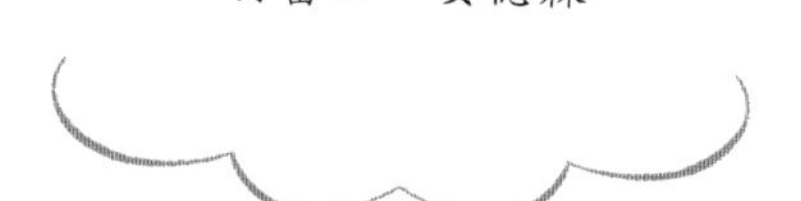

我的父親患有糖尿病，這使得他性情急躁，經常大吼大叫。每當我看到別人家的父親溫柔地親吻自己女兒的額頭，或情不自禁地擁抱她們時，我總是充滿嫉妒。我知道父親愛我，而且愛得很深，但他就是不知道如何表達他對我的愛。

對不太配合的人說「我愛你」是件不容易的事。在多次遭到父親的拒絕而心灰意冷以後，我漸漸不再那麼熱情的表現自己的情感了。我不再主動伸出雙臂擁抱或親吻父親。我和父親之間的愛仍然很強烈，不過卻是無聲的。

那是一個難得的夜晚，母親終於說服我那總是孤僻的父親和我們一起去市中心逛逛。我們坐在一間優雅的餐廳裡，這間餐廳擁有一支規模雖小卻很活躍的樂隊。當樂隊奏起一支熟悉的華爾滋舞曲時，我看了父親一眼。過去情感上受到的所有傷害在我心裡翻騰著，但我仍想再大膽試一次，最後一次。

「爸，我從來沒有和您跳過舞。即使在我很小的時候，我向您懇求，您也從來不願意。現在，如何？」

我料想他會像以往一樣粗暴地回應我。但沒想到的是，父親看著我，眼神裡閃現出令我驚奇的光芒：「看來，我一直都沒有盡到一個做父親的職責嘍。」他開玩笑地說，這可不是他的性格。「咱倆到舞池裡去，我要讓你看看我這個老頭子還能跳出什麼樣的舞步！」

父親用雙臂將我擁入舞池。從很小的時候起，我就沒有被他擁抱過，這下我眞有些受寵若驚了。

跳舞時，我專注地看著父親，但他卻迴避我的眼神。他的眼睛掃過舞池，掃過其他的用餐者，掃過樂隊的成員……他搜索似的觀看每個人、每樣東西，可就是不看我。我覺得他一定在後悔答應和我跳舞。

「爸！」我終於低聲說道，眼睛裡含著淚水，「爲什麼您看我一下有那麼難？」他的眼神終於落在我臉上，認眞地注視著我。「因爲我太愛你了。」他輕聲回答。我驚住了，這是我不曾預料到，卻最想聽的話語。父親的眼睛也溼潤了。

我知道父親是愛我的，只是沒想到我濃厚的情感竟使他害怕，甚至說不出口。他不苟言笑的樣子，掩蓋了內心湧動的深沉情感。

「我也愛您，爸。」我輕柔地回應著他。

「對……對不起，我不善於表達，」他結結巴巴地說，「我意識到我沒有表達出我的感受。我的父母從沒有擁抱過我或親吻我，我想我是從他們那裡繼承了不善表達的性格。那……那……對我很難。也許我太老了，難以改變自己，但是要知道，我是很愛你的。」

「我明白。」我露出微笑。當舞曲結束後，我把父親帶回在桌旁等候的母親身邊，然後走去洗手間。我只離開了幾分鐘，但就在那幾分鐘的時間裡，一切都改變了。

等我穿過餐廳準備返回我們的餐桌時，我聽見尖叫聲、喊聲和椅子的碰撞聲。直到走近我們的座位時，我才知道是父親出事了。他癱倒在椅子上，面色蒼白。餐廳裡的一位醫生衝過來進行急救，也叫了救護車，但一切都爲時已晚。父親走了，就是眨眼的工夫。

那天晚上在餐廳裡的最後一幕，我所看到的是父親癱倒的身體和蒼白的面孔，周圍是表情嚴肅的用餐者和救護人員。但現在我所記得的完全是另外一幅情景：我記得我們在舞池裡跳華爾滋，父親突然熱切地向我表白。我記得他說「我愛你」。在我回想這些情景的同時，腦海裡不知怎麼有些不相稱地反覆迴蕩著唐娜．薩默演唱的一首老歌的歌詞：「最後的舞……最後的機會……為了愛……」

那的確是我和父親跳過的第一支舞，也是最後一支舞，一生僅有的一支舞。感謝上帝，我們得以有機會說出（在並不是太遲的時候）那三個字。那三個字永遠鮮活，即使我們離開這個世界，也將會天長地久。

作者簡介

特蕾西．安德森，生平不詳。

悅讀分享

有些父親天生寡言拘謹，不知如何跟子女表達愛意。做子女的不懂，也跟父親保持距離，事事都得透過母親幫忙，家中氛圍甚至常處於緊張狀態。文中的父親也是如此，再加上得了慢性病，性情變得急躁，完全不懂得如何表現他對女兒的愛。兩人處於一種無聲的愛中。

一家三口在夜晚去市中心閒逛，女兒忍不住要求跟父親跳舞。沒想到父親竟然答應了，並在跳舞時坦承女兒濃厚的情感使他害怕。女兒十分感動，但不知道父女之間的第一支舞竟成爲最後一支舞。

作者以第一人稱「我」主述，讓讀者覺得她跟父親的關係十分眞實。因爲有了這支舞，「我」和父親之間的誤會完全消除了，也不再有遺憾。

喂，兒子，我也愛你

〔美國〕 史蒂沃特

下班後，當我回家走進客廳，我那十二歲的兒子抬起頭對我說「我愛你」的時候，我竟無言以對。足足有幾分鐘，我站在那裡，打量著兒子，等他說下去。我首先想的是，他八成是要我幫他做作業，或是來討零用錢，再不然就是他闖了什麼禍，故意裝著很親熱的樣子來。

終於，我問：「你想幹什麼？」

他笑著跑出去，我叫住他：「喂，到底怎麼啦？」

「沒什麼，」他嬉皮笑臉地說，「我們生理老師要我們對父母說『我愛你』，然後看父母會怎樣回答。這是個實驗。」

第二天，我跟他的老師通了電話，想知道這「實驗」究竟是怎麼回事。老實說，我更想知道其他孩子的家長是什麼反應。

「大多數父親都跟你的反應一樣，」兒子的老師說，

「當我第一次提出這個建議的時候，我問孩子們，父母會怎樣回答呢？大家都笑了起來。有兩個學生說，他們肯定會嚇成心臟病。」

我猜想，有些家長會反對老師這種做法的。一個初中的生理教師最好還是去告訴孩子們注意飲食的平衡，以及正確使用牙刷等等，「我愛你」跟生理老師有什麼相關？這是父母和孩子們之間的私事，別人管不著。

「問題在於，」老師解釋說，「感覺到『被愛』是身體健康很重要的一環，這是人類的基本需要。我時常提醒孩子們，不把這種感情表達出來是很不好的，不僅是大人對孩子、男孩對女孩，而且，一個男孩子也應該能對他父親說句『我愛你』。」

這位中年男老師很能夠理解我們這種人，有些話明知道很好，但又很難說出去。他承認，他的父親從沒對他說過這樣的話，而他自己也從沒對父親說過這些話——就連他父親快要離開人世的時候也仍然如此。

我們當中有許多人都是這樣，疼愛我們的父母親把我們撫養成人，從沒有用嘴說個「愛」字，而我們正是在照著父輩們的樣子來對待我們的孩子。

但是，這種只靠行動來表達父愛或母愛的現象開始逐漸消失了。我們這一代人是很重感情的，也很善於表達。我們明白，也應該明白，子女需要我們給予的，不只是桌上可口的飯菜、衣櫃裡的衣服。應該知道，父親的親吻，對兒子和女兒都有同樣的親切感。

我們不必再繼續抱怨是父輩用這種方法哺育了我們，我們已經做了許多父輩們做過的事情，比如，他們才不會焦急地等候在產房門外，更不會去做倒垃圾、收衣服之類的家事。

如果我們適應了這些變化，就一定會知道怎麼回答十二歲的兒子說的「我愛你」了。我卻沒有，至少開始的時候是束手無策的。看來。由剛毅冷峻的父親形象轉變成和藹可親的樣子的確不容易。

那天晚上，當兒子用那種一天比一天敷衍的吻向我道晚安時，我抓住了他，回了他兩個吻，沒等他逃掉，我用男子低沉的口氣對他說：「喂，我也愛你。」

我不知道這麼說了以後，是否能使我們更健康一些，但是，我確實感到心裡很舒服。但願下次那個小傢伙跑來說「我愛你」的時候，我不至於尷尬地用一整天的時間來想正確的回答。

作者簡介

史蒂沃特，美國人，生平不詳。

悅讀分享

這篇文字淺顯易懂。生理老師的那段話點出了全文的重心：「感覺到『被愛』是身體健康很重要的一環，這是人類的基本需要。我時常提醒孩子們，不把這種感情表達出來是很不好的，不僅是大人對孩子、男孩對女孩，而且，一個男孩子也應該能對他父親說句『我愛你』。」

話雖如此，不過對男孩子來說，跟自己父親說句「我愛你」，確實不容易。但每個男孩都應該嘗試去做做看，一定可以改善家中的氣氛。

父子之間

安德魯·H·馬爾科姆

我對他的最早記憶——實際上也是我對一切事物的最早記憶，是他的臂力。那是某天傍晚，在我家附近一座正在建造中的屋子裡。屋內尚未完工的木地板上有不少嚇人的大洞，我知道這些黑漆漆的大洞不是什麼好地方。當年三十三歲的他伸出強勁的雙手，團團圍住我那細小的胳膊，然後輕輕地將我舉起，讓我騎在他的肩頭上，看得又高又遠，我也神氣極了！那時我才四歲。

父子關係隨著時間的流逝而變化。它會隨著雙方的成熟而不斷發展，日益完美；也會因著令人忿恨的依賴性或自主性而漸趨惡化。對當今許多生活在單親家庭裡的孩子來說，父子關係或許根本就不存在。

可是，對於二次大戰結束後不久出生的一個小男孩來說，父親猶如一尊神，他擁有神奇的體力和超凡的能力，能夠通曉一般人所無法從事的種種事情。令人驚異的事情實在太多了，例如把自行車上脫落的鏈條重新裝好，或者給倉鼠做一個籠子，或是用鋼絲鋸鋸出字母F——在電視出現前的歲月裡，我就是這樣學會認識字母的，每隔一天晚上學一個字母或一個數字，外加復習已學過的字母和數字（我們還把母音字母漆成紅色，因爲它們比較特殊）。

他甚至有先見之明。「你看起來想吃牛肉餅加乳酪和一杯冰可可」，每到炎熱的星期天下午，他時常會這麼說。我五歲那年玩球，一記猛射，打破了鄰居車庫的玻璃窗，我提心吊膽地過了十天才去認錯，他卻似乎早就知道這件事，只在等我去認錯。

當然，有許多規矩要學。首先要學握手。伸出鬆軟無力的小手是絕對不行的，要堅定有力地緊握對方的手，同時要以堅定的目光正視對方的雙眼。「別人了解你的第一件事便是跟你握手」，當年他常常這樣說。每天晚上他下班回來，我們都要練習握手，頭戴克利夫蘭印第安人棒球隊帽子的小男孩，表情嚴肅地奔到身材高大的父親跟前，與他一次又一次地握手，直至練得能堅定地握住對方的手爲止。

當我餵養的貓捕殺了一隻鳥時，他簡短地談論了一種所謂「本能」的東西，這才驅散了一個九歲男孩心頭的憤怒。第二年，當我的狗被汽車壓死，巨大而沉重的悲痛簡直無法忍受時，他走了過來，伸出一雙大手將我摟住，流著淚講述生與死的自然規律，儘管我並沒有想過超速行駛的汽車將狗壓死是否也是大自然的一個組成部分。

隨著歲月的消逝，還有別的規則要學。「你要始終盡最大的努力」，「現在就做」，「從不說謊」！而最重要的是，「凡是你必須做的，你都能做到。」我十幾歲時，他不再指導我該做什麼，這使人感到既害怕又興奮。他僅提出看法，不再告訴我未來的生活會是什麼樣，而是讓我知道除了今天和明天還有許許多多，這是我所從未想到過的。

當世界上最珍貴的女孩（對我來說。但如今我已忘了她的姓名）拒絕和我一起去看電影時，他正好從廚房的電話機旁走過。「這話現在可能難以置信」，他說，「可是，有朝一日，你會連她的名字也忘了。」

某天，我們的關係發生了變化，這是我現在意識到的。我不再盡力使他高興，而是想盡量給他更深的印象。我從未叫他來觀看我的足球比賽。他所從事的是一種極度緊張的職業，這意味著星期五夜裡的大部分時間都要用來驅車趕路。但每逢重大的足球比賽，我朝邊線一瞥，就可以看見那頂熟悉的軟呢帽。噢，對方的隊長是否對堅定有力的握手和堅定的目光感到永生難忘呢？

後來，學校裡講授的一個事實與他說過的話完全不同。他竟然會錯？簡直不可思議！但那是白紙黑字寫在書上的。隨著時間的推移，隨著我個人閱歷的增加，我發現的這類錯誤也越積越多，並促使我發展自己的價值觀。而且，我能看出我們倆已各自走上既不相同，而又極其正常的生活道路。

我也開始覺察到他的盲點、他的偏見和弱點。但我從未向他提起過這些事，因爲他也沒對我這樣。不管怎樣，他似乎需要保護。我遇事不再徵求他的意見，他的經驗與我必須作出的決定似乎毫不相干。有時他在電話上談論政治，談論他爲什麼要那樣投票，或談論爲什麼某一政府官員是一蠢蛋。而我聽了之後則兩眼望望天花板，微微一笑，儘管我在話音中從不流露。

有一時期，他主動提出忠告，但近幾年來，政治和有爭議的問題都讓位於日常瑣事，抱怨白跑一趟、抱怨生病啦——他朋友的病、我母親的病，以及他自己的病。他的病確實不輕，包括心臟病。他的床邊就有一個氧氣瓶，每當我去看望他時，他常常故意要上床休息，並要我扶他一把。「你的臂力眞大。」有一回他特別提到這一點。

他在床上向我顯示他畸形軀體上衆多的傷痕和痛處，還有各種藥瓶。他談起自己的病痛，渴望得到同情。他也確實得到了一些同情。但這讓我感到心煩意亂。他告訴我，正如醫生所說的，他的狀況只會惡化。「有時候」，他透露自己的眞實想法說，「我眞想躺下，長眠不醒」。

去年冬天的一個夜晚，我經過再三考慮，連怎麼跟他說都想清楚了，最後下定決心（「凡是你必須做的，你都能做到」）在他床邊坐下。一時，我回想起三十五年前在另一座房子裡，那些嚇人的、黑漆漆的大洞。我告訴他我是多麼愛他，並對他講述了人們正在爲他所做的一切。可是，他一直讓自己吃得很差，深居簡出，違背醫囑。無論多少愛也無法使另一個人熱愛生活，我說，這是一條雙向的通道。他沒有竭盡全力。決定得由他做出。

他說他知道我講這些話該有多難，而他爲我感到多麼自豪。「以前我有一位最好的老師，」我說，「凡是你必須做的，你都能做到。」他微微一笑。於是，我們最後一次堅定有力的握手。

幾天之後，大約在清晨四點左右，母親聽見他摸黑在房裡拖著腳走路。「我有些事必須要做，他說。他償付了一大把帳單。他爲我母親列了長長一張「在緊急情況下」如何處置法律和財政問題的單子。他還給我寫了一張便條。

然後，他回到自己的床上，躺下。他睡著了，顯得十分自然。於是，他再也沒有醒來。

作者簡介

安德魯·H·馬爾科姆，生平不詳。

悅讀分享

這篇作品描繪一位眞實父親的平凡半生（從作者懂得觀看周遭事物到老邁父親過世。）

跟世上所有的男孩一樣，童年時，心目中的父親無所不能，和神同一等級。因此，常有一種優越感。隨著年齡的增長，自己學識和社交能力突飛猛進，父親的能力似乎日日遞減。這是人生的必然，是無法逃避的常態。

身爲兒子，作者根據事實，描述他觀察到平凡父親的點點滴滴，沒有半點虛假，現實人生的告白反而更能感動讀者。

母親的故事

誰在我跌倒時將我扶起？

誰對我講述美麗的故事？

誰給我創痛的地方一個吻？

——我的母親！

菸斗

〔美國〕 凱・韋瑟斯比

道先生開的鋪子，遠鄰近舍，人盡皆知。這家小店出售各種各樣的零星雜貨，男女老少都可在此找到所需的用品。貨架上、陳列櫃上，擺著各款鑰匙鏈、可放硬幣和紙鈔的皮夾、撲克牌、別針、縫衣針、雪茄和菸斗，還有許許多多的玩意兒。貨架上的樣品，琳琅滿目，美不勝收。

小喬伊每天放學以後，就逛進這家小店東張西望。他愛看那些菸斗，其中有一只菸斗特別吸引他。每當他回家路過這裡，總要來看好一會兒，久久不忍離去，他常想：「總有那麼一天，我會長大成人，可以抽抽菸斗，就像這一只。」他記不起父親是什麼模樣，但是他知道父親是抽菸斗的。小喬伊伸手去摸了摸那只菸斗，又用一根手指在菸斗桿上輕輕地摩挲著。

他老是在想：等他長大了，就可以去工作，讓母親待在家裡，他自己再也用不著放學後在外面閒晃三個小時等母親下班回家；他可以下了班直接回家，母親會在家早早把晚飯做好，只等他回來吃；晚飯後，母子兩個聊聊天，而他喬伊就靠著椅背坐著，像他父親那樣，抽抽菸斗。這是一幅充滿家庭溫暖的畫面，也是他母子倆共同擁有的生活，一個令人興奮的夢境。「哦，唉，」他沉思著，「長大成人、當家做主，難道眞得等很長的時間嗎？」

他向四周張望了一下，發現誰也沒注意他。他就把裝菸絲的斗缽抓在手裡。他只想知道握住這斗缽的感覺，沒別的意思。他望著菸斗，心裡甜滋滋的，陶醉在自己的夢境裡，希望有朝一日也像他父親那樣——他努力回想父親的模樣。

他猛然驚醒，聽見身後有腳步聲，膽戰心驚的迅即扭頭一看，原來是那位和藹的店主人——道先生。小喬伊頓時呆若木雞，動彈不得。

「你好，喬伊。」道先生向他打了聲招呼，繼續踱他的方步。小喬伊極力想回答，可是喉頭鯁住了，話被擋了回去，直到道先生走開時他才勉強地報以一絲淺笑。

小喬伊忐忑的想：「道先生看到那菸斗在我手裡了嗎？他是不是懷疑我了？」突然，他覺得這個小店似乎特別悶熱，就低著頭，只見自己的雙腳開始移動，慢慢把他帶出店鋪。他到底在幹什麼，連自己也不清楚。店鋪外邊，空氣清涼，但他的心裡卻惶惶不安。

他失魂落魄，提心吊膽，向兒童遊戲場走去。走進場裡，環顧四周，見到幾架空蕩蕩的秋千。他一個箭步跳上秋千，身子往側邊一靠抓住一條鏈子，冰冷的鐵索擦痛了他的肋骨。他坐在秋千上，用一隻腳蹬了一下地面。肚子被一個硬東西戳痛了，痛得他差點兒失聲叫起來，但是他沒叫，因爲他知道那是菸斗，是他剛才順手從店裡拿出來的。他一陣驚恐，渾身哆嗦，覺得對不起自己的母親。他偷了東西。可是，他並不是有意要偷的呀。問題發生得這麼快！他一心想長大成人，可是現在呢，他一點也不覺得自己成長了。

秋千輕微地搖擺著，他無心盪它，但也不想離開，因爲他沒有別的地方可去。傍晚的空氣越來越涼了，小喬伊冷得直打哆嗦。他把手伸進衣袋，掏出那只菸斗來，裝菸絲的斗缽握在手裡，他兩眼膽怯地望著，心煩意亂，不知怎麼辦才好。看來沒有一點是對的。完完全全錯了！他向四周仔細看了一番，連一個人影兒也沒有。

小喬伊低著頭，看著汙漬斑斑的棕色運動鞋，擔心著：道先生會不會報警了呢？警察要來抓他了。他們在哪裡？

他把頭頸抬得高高的，想透過樹隙看看街道。那兒一輛警車也沒有。也許警察正等著他回家，說不定有一輛警車就守在他的家門口！

小喬伊的腦海裡，翻騰著種種念頭：他可以說自己沒有拿菸斗，因爲根本沒有人看到他拿。誰也不會知道他偷走了菸斗。不過，他自己心裡明白，他犯罪了。

最後，他止住秋千的晃盪。平常他最喜歡把秋千盪得高高的，盪得比任何人都高。可是現在，他一點兒也不想盪了。他感到不舒服，頭痛得厲害。他的羊毛衫也似乎太緊了。他覺得自己不太對勁。他望著地面，竭力鎮定一下思緒。他可以把菸斗藏起來，或者把它扔掉，也可以照價把錢付給道先生。在他的腦海裡，這些念頭一次又一次地兜來轉去，沒完沒了。他感到渾身難過。

夕陽漸漸沒入樹後，他該回家了。時間過得好快，等會兒回到家，母親一定會識破，知道他出什麼亂子了。她一向明察秋毫，什麼也瞞不過她。小喬伊眨眨眼，一串眼淚簌簌地淌過臉頰。母親相信他，但這才第一年哪，讓他在放學後到母親放工回家的短短三個小時獨自安排時間。母親非上班做工不可。這……這他明白。要給他買衣服，要買母子倆的食物，還得付房租，她非做工不可。他沒有忘記那條正道。母親叮嚀他說：「喬伊呀，如今你也是個男子漢啦！」他回想起母親的話，就如坐針氈。她信任他。一想到這點，就感到彷彿有人在他肋間戳了一根針。現在，母親對他的信任開始在他腦際縈繞，驅走了一切邪念。

「媽媽相信我的，」他不停地對自己說，「她一直都相信我。」母親的信任最最重要！比起這個來，那菸斗和菸斗的魅力又算得了什麼？他那長大成人的美夢也毫無意義。

小喬伊望著向他投射來的長條陰影，知道該拿什麼主意了。他心急如焚，要了卻這樁心事，便跳離了秋千，往外跑去。

作者簡介

凱・韋瑟斯比，美國人，生平不詳。

悅讀分享

故事裡的寡母認眞工作養家，兒子希望自己早早長大成人，幫忙家計。在等待媽媽放工回家前，小喬伊到道先生的鋪子閒逛，把玩菸斗。道先生突然出現，小喬伊無意間拿了菸斗就離開。緊跟著的敘述全部在這位小男生的心理描述。

基本上，媽媽給了他正確的態度，但他一時眞不知道如何解困。如何跟媽媽解釋清楚已經相當不容易，要道先生相信他自己是無意識的動作，也是同樣的困難。最後終於確定「母親的信任最最重要！比起這個來，那菸斗和菸斗的魅力又算得了什麼？他那長大成人的美夢也毫無意義。」他有了正確的選擇，故事戛然而止，後面的部分有待讀者填補。全文的心理鋪陳相當合理。

看望

〔美國〕 海爾塔·格蘭特

上午最後一節課開始的時候，有人從外頭喊培德·萊默斯：「你媽媽來看你了！把東西收拾一下，今天別上課了。」

媽媽來了！培德感到全身的血液往上湧，耳朵都紅了。他把數學作業本收到一旁，然後磕磕絆絆地慌忙離開了教室。

她在接待室裡，坐在第一排一把椅子的邊上，充滿希望地對著他微笑。滿臉皺紋、瘦瘦小小的媽媽穿著一件舊式大衣，灰色的頭髮上圍著一條黑色的頭巾。

「培德，我的兒子！」他感覺到她那做粗活的、長著老繭的手指握住了自己的手，聞到了她那只有過節才穿的衣服上的樟腦味。他的心在感動與壓抑之間猶豫。爲什麼她偏要在今天，在上課的日子裡來！在這兒，大家都會看到她。那些有錢的、傲慢的男生，他們的父母都是開著私家轎車到寄宿學校來，然後隨便一撒就是一堆禮物和鈔票。她根本想像不到，在這兒靠著他的獎學金能有兩套廉價制服和少得可憐的零用錢是多麼不容易。

「校長說，你可以帶我去看看你的房間，你今天不用去上課了。眞好，是不是？」

老天，她已經到校長那兒去過了！就穿著這件寒酸的大衣，還戴著手套！那麼好吧，他抹了抹汗溼的額頭，帶著憤憤的果斷抓起那個古老的方格紋手提包——這種提包不裝東西就夠沉的了，只有粗壯結實的農民才提它出門。

他飛快地跑上樓梯，走進那間小小的雙人房間時，連氣都喘不過來了。「那就是我的床。那邊，靠窗子的，是阿列克桑德·齊姆森的。他爸爸是工廠主人，有錢得要命，他的車子就像我們的房間這麼大！」

他從她的肩膀上看去，滿意地發現她幾乎是虔誠地注視著那張床，她大概在驚訝齊姆森蓋的竟然不是金被子吧！然後，她帶著幸福的微笑又轉向他，並且打開那個方格紋手提包。「我帶來幾件新襯衣，培德。是柔軟、上好的料子做的，顏色也是時下流行的——這是女店員告訴我的。我還帶了一塊罌粟蛋糕，你最喜歡吃的，裡面放了好多葡萄乾呢！趁現在吃一點吧！這可是你一向最愛吃的東西！」

她溫柔地、微笑著走到他面前，但他不耐煩地拒絕了。

「現在不吃。媽，就要下課了，待會兒所有的人就會過來這裡了。別讓他們看見你。」

「怎麼……」她納悶地看著他，然後那張被太陽晒黑了的臉孔一下子漲紅了，在拉上手提包時，她的手微微地顫抖著。

「噢，好吧，那我們最好還是走吧！」

但這時過道裡已經有了響聲，緊接著齊姆森就走進房間裡來了。該死！正好是這個齊姆森！對培德來說，他的友誼至關重要。齊姆森有一種苛求的、愛挑剔的審美觀——偏在這場會面！「這是我媽媽，」培德笨拙地、結結巴巴地介紹，「她來給我送換洗衣服和蛋糕。」他感到腦袋在痛。齊姆森說著自己的名字，一面用培德一向羨慕極了的姿態優美地鞠個躬，一面彬彬有禮地微笑著。「這眞是太好了。家裡人來看望永遠是最高興的事。不是嗎，萊默斯？」

「這肯定只是一句客套話，」培德帶著鄉下人的猜疑想道。但是媽媽卻滿面笑容地向齊姆森道謝。「是啊，我給他送新襯衣來了。我們剛剛夏收完，所以來看看他。」

母子兩人匆匆忙忙地悄悄走下樓梯，一直到大門口他才舒了一口氣。

「你知道，他們都是非常傲慢的，而且他們很看重外表。對我是沒差，可是……」

「我知道了，培德，我知道你。」

他們在「大熊」飯店喝了一碗湯。他熱心地對她講自己的班級，講老師和同學，她默默地聽著，明亮清澈的眼睛注視著他的臉孔。後來他想到教堂裡去一下。傍晚帶點兒涼意，當他挨著她跪下時，忽然感覺到她老了許多，背也駝了許多。

「你可以坐晚上六點那趟火車，」他沒有把握地建議，「也許你還能在候車室喝杯咖啡。」

她疲倦地搖了搖頭：「不了，就這樣吧，我的兒子。他們都在等著我，如果擠奶和餵牲口的時候我在家，他們會比較安心。再說，我現在已經知道你過得很好，也不那麼想家了。」

還想說些什麼，隨便說些什麼，但喉嚨哽著，什麼也說不出來。這時列車員關上了門。他從窗子又一次看見她那刻畫著艱辛和憂慮的發灰的臉龐。「媽媽！」他喊，可是火車開動了。

回到房間後，看到桌子上的罌粟蛋糕，美味而芳香，可是他一點兒也不餓。他走到窗邊，久久地望著外頭，直到天黑。他的咽喉總感覺異樣的疼痛。後來，齊姆森進來了，一眼看見還沒動過的蛋糕，奇怪地問他是不是病了，他這才無言地拿起一把刀切開蛋糕。

「你爲什麼那麼快就讓你媽走呢？」突然，齊姆森嚴肅地，幾乎是陰沉地問，「唉，我要是有個這樣的媽媽就好了！」

培德這才想起，齊姆森的父母已經離婚了。他愣在那裡，他知道無可反駁。機靈的齊姆森又帶著他慣有的明朗微笑，指著蛋糕：「來來，動手啊，不然要發黴了。」

他們一起大嚼蛋糕的時候，培德喉嚨的壓迫感才漸漸消失了。

作者簡介

海爾塔·格蘭特，美國人，生平不詳。

悅讀分享

這篇文章的主人公培德．萊默斯是個農民的兒子，住在寄宿學校，同寢室的齊姆森則是工廠老闆的兒子，家裡很富裕。相較之下，培德心理有些不平衡。

一天，培德的媽媽來校看望他，給他帶來了新襯衫和他最愛吃的蛋糕。媽媽雖然穿著家裡唯一一件沒有補丁的衣服，但仍顯得很寒酸。當時，培德死要面子，怕同學恥笑他，匆忙間就將非常關心自己的媽媽送上火車。然而當他看到媽媽刻滿艱辛和憂慮的發灰的臉，卻忍不住大喊「媽媽」，可是火車已經開走了。

他回到宿舍後，同學齊姆森的一句話讓培德大吃一驚：「你爲什麼那麼快就讓你媽走呢？……唉，我要是有個這樣的媽媽就好了！」原來齊姆森的父母早已離婚，他們給齊姆森的是金錢，可是從來沒有給過他一份關愛，他最渴望的是媽媽的關心、媽媽的疼愛、媽媽的呵護。

全文點出：珍惜自己目前擁有的幸福，千萬別隨便羨慕他人的一切。說不定他還十分羨慕你所擁有的。

別難過，媽媽

〔加拿大〕 莫．卡拉漢

下班時間就要到了，阿爾弗雷多．希金斯穿上外套正準備回家，剛出門就撞上老闆卡爾先生。他上下打量阿爾弗雷多幾眼，用極低的聲調說：「我想你最好還是把口袋裡的東西留下再走。」

他開始有些慌亂，但隨即驚訝地說：「東西？……什麼東西？我不知道您在說什麼。」

「一個粉盒，一支口紅，還有……要我說得更清楚嗎？」卡爾先生冷冷地說。

阿爾弗雷多在卡爾先生冷峻的目光注視下，不知所措，根本不敢正視老闆。又過了一會兒，他把手伸進口袋，交出了東西。

「我知道你這樣做已經很久了。我不喜歡員警，但我要叫員警。不過在此之前我想打電話給你父親，告訴他我要把他的寶貝兒子送進監獄。」卡爾先生說著，向電話走去，臉上的笑容古怪極了。

阿爾弗雷多知道爸爸正在上夜班，但媽媽一定在家。他想像著待會兒的情景：媽媽怒氣沖沖地闖進門來，眼裡噙著淚，他想上前解釋，但被她一把推開了。噢，那太難堪了！儘管如此，他還是盼著媽媽快來，在卡爾先生叫員警之前把他接回去。

終於，有人敲門了，卡爾先生開了門。

「請進，您是希金斯太太吧？」他臉上毫無表情。

「我是希金斯太太，阿爾弗雷多的母親。」希金斯太太大方地自我介紹，笑容可掬地和卡爾先生握手。

見這光景，卡爾先生頓時怔住了，他怎麼也沒想到她會那樣沉著，落落大方。

「阿爾弗雷多遇到麻煩了，是嗎？」她很從容地問。

「是的，太太。您兒子從我店裡偷東西。不過都是些牙膏、口紅之類的小玩意兒。」

「你幹麼要幹這種事？」她以略帶傷感的口吻問兒子，並平靜地看著他。

「我需要錢，媽媽。」

「錢？你要錢有什麼用？跟壞孩子學壞嗎？」

希金斯太太在阿爾弗雷多肩上輕輕拍了拍，就像她非常理解他那樣，然後說：「要是你願意聽我一句話的話……」語氣堅定，但忽然又停住了，她把頭轉到了一邊，好像不該再往下說了。

「您打算怎麼處理這件事呢，卡爾先生？」希金斯太太轉過身來，依然笑容可掬地望著卡爾先生。

「我？我本想叫員警，那才是我該做的。」

「我本來無權過問您如何處理這件事，不過我總覺得對於一個男孩來說，有時候給他點忠告比懲罰更有必要。」

在阿爾弗雷多眼裡，今晚媽媽好像完全是個陌生人。瞧，她笑得那麼自然，神情那麼和藹可親。

「我不知道您是否介意讓我把他帶回去，」她補充道，「像他這麼大的孩子，有頭腦的沒幾個。」

卡爾先生原以爲希金斯太太會被嚇得六神無主，一邊流著淚，一邊爲她兒子求情，然而，事實卻與此完全相反。她的沉著反倒使他自己感到很內疚。

「當然可以，」他說，「我不想太不近情理。告訴您兒子別再上這兒來了，至於今晚的事嘛……就讓它過去吧。您看這樣行嗎，希金斯太太？」

他們的手緊緊握在一起，就像交情深厚的老朋友一樣。

走出雜貨店，希金斯太太邁著大步，眼睛直視著前方，兩人都默默無語。過了一會兒，阿爾弗雷多終於忍不住開口了，「感謝上帝，結果是這樣！」

「求你安靜一會兒，別說話。阿爾弗雷多。」

到了家。希金斯太太脫了外套，看也不看兒子一眼。

「你不是好孩子，阿爾弗雷多，你爲什麼總是沒完沒了地闖禍呢？上帝饒恕他吧！你還傻愣著幹什麼？快睡去吧。今晚的事別告訴你爸爸。」說完她進了廚房。

「媽媽太偉大了！」阿爾弗雷多自言自語道。他覺得應該立即去對她說她有多麼了不起。

他走向廚房，媽媽正在喝茶。但那情景，讓他大吃一驚。媽媽失魂落魄地坐在那兒，神態糟糕透了，根本不是雜貨店裡那個沉著冷靜的媽媽。她顫抖地端起茶杯，茶濺到了桌上；嘴脣緊張地抿著，似乎一下子老了許多。

阿爾弗雷多站在那裡默默地看著，一聲也不吭。他突然有股想哭的衝動。從那雙顫巍巍的手上、那一條條刻在她臉上的皺紋裡，他彷彿看到了媽媽內心所有的痛苦。他忽然意識到自己長大了。

今晚，阿爾弗雷多第一次認識了媽媽。

作者簡介

莫・卡拉漢，加拿大人，生平不詳。

悅讀分享

阿爾弗雷多是這篇小說中具有線索作用的人物，小說的情節是由他的偷竊行爲引起的，卡爾先生和媽媽的言行也是通過他的觀察和感受來描寫的。另外，富有變化美是這篇小說的突出特點，不同場景之下人物的心理、言行皆有不同，而小說的主題也就蘊含在這前後的比照中，耐人尋味。

細讀時，發現卡爾先生見到希金斯太太後的心理變化過程非常有趣：冷漠、驚訝、慚愧內疚、欽佩、敬重。通過他前後心理的對比，襯托希金斯太太的從容冷靜，也突顯母愛的偉大。

小說中的希金斯太太遇事沉著冷靜，大方從容。得知阿爾弗雷多闖禍後，沒有被嚇得六神無主，淚流滿面，而是大方地自我介紹，笑容可掬地與卡爾先生握手、交談。她保護孩子的尊嚴，教育孩子有方。在孩子闖禍後，不是怒氣沖沖地當著卡爾先生的面訓斥他，而是平靜地詢問，輕輕地拍著他的肩膀，給恐懼中的孩子以安慰，維護孩子的自尊。敢於擔當，堅強。爲闖禍的兒子解圍，獨自承擔傷感和恐懼。

全文具有強烈的抒情色彩，突出了媽媽對「我」的影響力和感召力，既表現了孩子看到媽媽緊張、失魂落魄的樣子後，慚愧內疚、痛苦悔恨的心理，又傳達出更爲豐富的言外之意——媽媽的偉大之舉，讓他眞正意識到自己的錯誤，理解了做人的責任，眞正地長大了。

小說情節是以阿爾弗雷多爲主體展開的，而「別難過，媽媽」正是他的心裡話，因此作爲本文的題目。以「別難過，媽媽」爲題目，在結合上與結尾「他彷彿看到了媽媽內心所有的痛苦。他忽然意識到自己長大了」相呼應，使故事情節渾然一體，體現了小說結構的完整性。

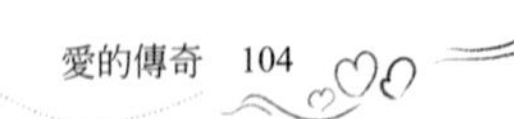

信

〔俄國〕 尤里・李希特

時值 12 月 31 日，彼得・弗拉基米羅維奇・帕潘科夫坐在自己的辦公室裡，一本正經地處理即將結束的這一年的最後幾件緊要公事。他板著一張臉，儼然一派首長的氣派。每當電話鈴響，帕潘科夫總是一邊抓著話筒，簡要而認眞地回答，一邊繼續簽閱文件。

一會兒，女祕書柳多奇卡敲門走進辦公室：「對不起，帕潘科夫，打擾您了。有您一封信。」說著，她把信放到帕潘科夫的桌上，隨即轉身離開。

帕潘科夫拆開信就念起來：

親愛的媽媽：

您的兒子在給你寫信。我已經好久沒給您寫信了。因爲我出差、度假、住院了……

「眞是活見鬼！」帕潘科夫驚詫不已。他又看了看信封，上面分明寫著他的機關地址和姓名，一點也沒錯。帕潘科夫百思不得其解，但他仍然把信繼續念下去：

我們這裡現在正是秋高氣爽、春光明媚、夏日炎炎、寒冬臘月的時節。

我身體還好、很好、不太好、很不好。

前不久我去逛過劇院、電影院、音樂廳、酒吧間。

我打算再過 1 個月、1 年、5 年就來看你。

我知道你沒錢花了，所以寄給你 30、20、10、5 個盧布。

我已被任命爲總工程師、廠長、總局局長。

我妻子祖莉菲婭向你問好。

你的愛子彼佳

帕潘科夫更加莫名其妙，他再把信從頭到尾念了一遍，然後又往信封裡看了看。信封裡果然還有一張小字條：

親愛的彼佳：

我多麼盼望你能來封信呀！可你卻是個大忙人，哪有時間顧得上這種小事呢？我只好替你寫了這封信，你只要簡單地把那些不該要的詞句劃掉寄給我就行了。

吻你！

你的媽媽

帕潘科夫仰身靠到自己柔軟舒適的安樂椅背上。

「唉，媽媽呀，您可眞是幽默呀！而且時間還掐算得那麼準，讓信不早不晚剛好在12月31日送到，這一天我可是連喘口氣的時間都沒有啊！」

帕潘科夫嘆了口氣，把文件推到一邊，接著便動手刪起信中那些不需要的詞句。

作者簡介

尤里·李希特，俄國人，生平不詳。

悅讀分享

帕潘科夫是一個自私、冷漠、不重親情的官僚。作品開頭描寫了帕潘科夫辦公時的情景，讓我們看到了一個「一本正經」的官僚形象；但他卻藉口工作忙而對母親不聞不問，甚至連封問候信也沒有。

全文在結構上，媽媽的字條解釋了爲什麼帕潘科夫會收到這樣奇特的信，是對上文懸念的交代和解答。在內容上，媽媽的字條語帶揶揄和諷刺。

帕潘科夫會因媽媽的這封信改變他對媽媽的態度嗎？不會的，他只是在隨意應付媽媽。從小說結尾處他抱怨媽媽故意在他最忙的一天來信和「嘆氣」等無奈的神態，可以看出他對媽媽冷漠的態度並沒有改變，他只是在應付媽媽。從小說全文看，帕潘科夫是個裝模作樣的的官僚，冰凍三尺非一日之寒，他的自私、冷漠、不重親情應該不是一封信就能改變的。

帕潘科夫並不是沒有時間，他的媽媽在字條中寫到劇院、電影院、音樂廳、酒吧等娛樂場所，這表明帕潘科夫還是有時間的，信的字裡行間表現出了帕潘科夫的自私與冷漠，並對其進行了諷刺與批評。

媽媽和房客

〔美國〕凱・福布斯

媽媽在窗外貼出「租房啓事」，海德先生應租而來。這是我們家第一次出租房子，所以媽媽忽略了查明海德先生的背景和人品，也忘了讓他預付房租費。

「房子我很滿意，」海德先生說，「今晚我就送行李來，還有我的書。」他順順當當地住進了我家。平時，他好像沒有固定的工作時間，常和善地與我們小孩逗趣。當他走過媽媽坐著的大廳時，總是禮貌地彎彎腰。我爸爸也喜歡他。爸爸喜好回憶遷居美國前住過的挪威。海德去過挪威，他能與爸爸起勁地聊在那兒釣魚的野趣。

只有開客棧的傑妮大嬸不欣賞我們的房客。她問：「他什麼時候交房租呢？」

「向人要錢總難開口，他會很快付清的。」媽媽答道。但傑妮大嬸只是哼了兩聲，「這種人我以前見多了，別指望借給人一件新外套，回來還是好的。」

媽媽笑笑：「也許你說得對。」她遞上一杯咖啡，止住了傑妮大嬸的嘟囔。

雷雨天，媽媽擔心海德的屋子夜裡冷，就讓爸爸邀請他到暖和的廚房和我們一起坐。我的兩個姐姐、哥哥尼爾斯、還有我在燈下做作業，爸爸和海德靠著爐子叼著菸斗，媽媽在洗盤子或是在小桌上靜靜地工作。

海德能輔導尼爾斯的高中課程，有時還教他拉丁文。尼爾斯漸漸對學習產生了興趣，他不再求爸爸讓他休學去做工了。當我們做完了功課，媽媽坐在搖椅上拿起針線時，海德就對我們說他的旅遊奇遇。噢，他知道的可真多。那些美妙的歷史和地理，便隨他走入我們的屋子和生活。

有天晚上，他對我們朗讀狄更斯的書，很快地，讀書成了我們生活的一部分。我們寫好功課，海德就拿一本書來高聲朗讀，於是一個神奇的新世界向我們打開。

媽媽也像我們孩子一樣愛聽古挪威俠士傳奇，有時還發出讚嘆「太好聽了！」海德也朗讀莎士比亞的戲劇。他悅耳的男低音，聽起來像是大演員。即使在天氣暖和的晚上，我們也不再出去玩耍。媽媽對此很欣慰。她一向不喜歡我們天黑上街。而最值得高興的，還是尼爾斯幾乎不再跟街頭的野孩子鬼混。有天晚上，孩子們在街上闖了禍，而尼爾斯正和我們一起聽《悲慘世界》的最後一章。

就在我們急於聽完一個騎士的傳奇時，一封信送到了海德手裡。第二天一早，他告訴媽媽要離開。「我得走了，」他說，「我把這些書留給尼爾斯和孩子們。這是一張我所欠房租的支票。夫人，對您的好心款待，我深表謝意。」我們再也不能聽他讀完那個故事了。

我們傷感地看著海德先生離開，同時，又爲能在廚房繼續讀書感到興奮。那麼多的書啊！媽媽精心地整理了書堆，說：「我們可以從這裡學到很多東西。尼爾斯能代替海德先生讀書，他也有一副好嗓子。」我看得出來，這使尼爾斯很自豪。

就在這一天，媽媽向傑妮大嬸亮出海德的支票：「你看，收回的還是一件好外套。」

十幾天後，開麵包店的克瑞波先生來我家，怒氣衝天地喊道：「那個海德是個騙子！他給我的支票竟然是空頭支票！銀行的人說，他早就把錢提光了！」一旁的傑妮大嬸得意地點點頭，那神態分明是說：「看，我不是提醒過你們了嗎？你們還不信！」

「我敢打賭，他也欠了你們家許多錢，對不對？」克瑞波不無希望地探問道。

媽媽轉過身向著我們，目光長久地停留在尼爾斯身上，然後走到爐子邊，把支票投入爐火。

「不！」她向克瑞波先生回答道，「不，他什麼也不欠。」

｜作者簡介｜

凱・福布斯，美國人，生平不詳。

悅讀分享

這篇作品主要在刻畫一位善良的「媽媽」。從媽媽不調查海德的背景，不向他預收租金，可以看出她淳樸、信任他人；雷雨天她邀請海德與「我們」一起待在溫暖的廚房，看見她心地善良，關愛他人；最後燒毀海德留下的支票，可以看出她對人懷有感恩與寬容之心；她「不喜歡孩子們天黑上街」，和孩子們一起沉浸在書的世界裡，鼓勵尼爾斯代替海德先生讀書等言行，表現了她關心孩子成長，而且教子有方。

另一位對應的角色是房客海德先生。海德隨身攜帶大量書籍，可見他見識豐富；他輔導尼爾斯高中課程，並教他拉丁文，爲「我們」全家朗讀，把「我們」帶入書的世界，可見他有一副熱心腸，善於與人相處，討人喜歡。但從全文敘述中，讀者無法了解他的過去、他的困境。他最後留下假支票，一走了之，難免讓人覺得他不夠誠信，令人遺憾。

半便士

阿蘭．帕通

少年犯教養所的六百個男孩當中，大約六分之一是十到十四歲，男孩們其實都有著尋求愛的本能。我便是在這裡工作。

其中有個叫「半便士」的小男孩，快十二歲了，來自布羅姆芳汀，是那些小孩中最健談的一個。他說他母親在白人家做女傭，他有兩個兄弟和兩個姐姐。

可是，在「半便士」的檔案裡清楚地記載，他是個流浪兒，沒有任何親人。他從這個家裡被帶到那個家裡，最後學會了偷竊。通過書信備查簿，我發現「半便士」常給貝蒂．瑪爾蔓太太寫信。瑪爾蔓太太住弗拉克街 48 號，可是她從來沒回過信。

社會福利局來信表明瑪爾蔓太太確有其人，住布羅姆芳汀，有四個孩子，但是根本沒有「半便士」這個兒子。瑪爾蔓太太只知他是個街頭的野孩子，雖然「半便士」總在信中稱呼她爲媽媽，但她既不是他眞正的母親，也不願收他做兒子，她不想因這樣的偷兒敗壞家庭名聲。

然而「半便士」決不是普通的少年犯。他好渴望有個家，而且他在教養所裡的表現也無可指責。我感到一種難以放棄的義務，他對他的「母親」不可能知道很多，只說她誠實美麗，她的家乾乾淨淨，她對子女關懷備至。很明顯，他使自己依戀上了那位婦人，卻不懂如何打開那婦人的心田，將他從孤獨陰暗中解救出來。

「你有這麼好的媽媽，爲什麼還要偷？」我突然問。

他顯然無法找到合適的回答。騙局終於被識破，他以前勇敢保證的勁頭已一掃而空。

他病倒了，醫生說他患了肺結核。我立即寫信告訴瑪爾蔓太太。瑪爾蔓太太卻回信表示此事與她無關，其中有個緣故，「半便士」是非洲部族人，而她是白種人。

肺結核日益嚴重，「半便士」將要從我們身邊離去了，醫生說生存的希望十分渺茫。我懷著最後一絲希望，寄錢給瑪爾蔓太太，希望她來。在這關鍵時刻，她終於顧不上窘迫和別人的議論，認「半便士」爲她的兒子。她整天陪著他，告訴他四個兄弟姊妹的事。

「半便士」也傾吐著他對媽媽的愛。我去看他時，他總顯得那麼愉快。但是他還是走了！我很懊悔，如果我早點做出明智的決定，那該多好，一切就會大不相同了。

我們將「半便士」埋在教養所農場裡。瑪爾蔓太太莊重地對我說：「請在他墳前的十字架寫上他是我的兒子。」

作者簡介

阿蘭・帕通，生平不詳。

悅讀分享

文中的「半便士」缺乏家庭之愛，想像自己有個美好的家，認定陌生的瑪爾蔓太太是他媽媽。有四個兒子的瑪爾蔓太太不願有個偷兒的兒子來敗壞家庭名聲。當然，膚色不同也是主因。

等「半便士」病重，瑪爾蔓太太終於伸出援手，最後並答應「在他墳前寫上他是我的兒子。」

故事有些曲折，但轉折之處合理且具人情味，讓人在唏噓之餘，鬆了一口氣。

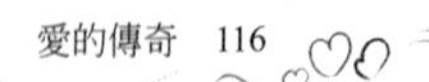

童心與母愛

〔美國〕卡斯林·諾利斯

（一）

在我十四歲的那年夏天，我和媽媽伴著幾個比我小的孩子到一個海濱度假。

一天早晨，我們在海濱散步時遇見一位美貌的母親。她身邊帶著兩個孩子，一個是十歲的納德，另一個是稍小一點的東尼。納德正專心的聽媽媽讀書，他是個文靜的孩子，看上去像剛生過一場病，身體還沒有復元。東尼有一雙藍色的眼睛，長著一頭金黃色的鬈髮，像是一隻小獅子，既活潑又斯文，充滿精力的模樣，很逗人喜歡。生人見了東尼總會停下來逗一逗他，有的人還送他一些玩具。

遊客們正坐在海濱的沙灘上，我弟弟突然對大家說，東尼是個被收養的孩子。大家一聽這話，都驚訝地互相看了看。但我發現，東尼那張晒黑了的小臉上卻流露出一種愉快的表情。

「這是眞的，媽媽，是嗎？」東尼大聲說道，「媽媽和爸爸想要再有一個孩子，所以，他們走進一個有許多孩子的大屋子裡，他們看了那些孩子後說，『把那個孩子給我們吧。』那個孩子就是我！」

「去過許多那樣的大屋子，」韋伯斯特夫人說，「最後我們看上了一個我們怎麼也不能拒絕的孩子。」

「但是，那天他們沒有把那個孩子給你們，」東尼說。他顯然是在重述一個他已熟知的故事，「你們在回家的路上不停地說，『我希望我們能擁有他，我希望我們能擁有他……』。」

「是的，幾個星期以後，我們就得到了。」韋伯斯特夫人說。

東尼伸出手，拉著納德說：「來，我們再到水裡去。」孩子們像海鷗似地衝到海邊的浪花裡。

「我眞想不通，」我媽媽說，「誰捨得拋棄這樣一個可愛的孩子呢？」過了一會兒，她又補充道，「明明知道他是被人收養的，但他卻絲毫不感到驚訝。」

「相反，」韋伯斯特夫人答道，「東尼感到極大的快樂。似乎覺得這樣他的地位更榮耀。」

「你們確實很難把這事情告訴他。」我媽媽說。

「事實上，我們並沒有告訴過他，」韋伯斯特夫人回答說，「我丈夫是個軍隊裡的工程師，所以我們很少定居在什麼地方，大家都以爲東尼和納德都是我們的兒子。但是，六個月前，在我丈夫死後，我和孩子們碰上了一位多年不見的朋友。她盯著那個小的，然後問我，哪個是收養的呀，瑪麗？」

「我用腳尖踩著她的腳，她立刻明白過來了，就換個話題，但孩子們都聽見了。她剛一走開，兩個孩子就擁到我的跟前，望著我，所以，我不得不告訴他們。於是，我就盡我的想像力，編了個收養東尼的故事……你們猜結果怎樣？」

我說：「什麼也不會使東尼失去勇氣。」

「對極了，」他媽媽微笑著應道，「東尼這孩子雖然比納德小一些，但他很剛強。」

（二）

在韋伯斯特夫人要帶孩子們回家的前一天，我和媽媽在沙灘上又碰見那位母親。這次她沒有把兩個孩子帶來，我媽媽誇獎了她的孩子，還特別提到了小納德，說從來沒有見過一個孩子對母親有這樣深的愛，文靜的小納德對自己的母親是那麼的依賴和崇拜。

不料夫人說道：「你也是一位能體察人的母親，我很願意把事實告訴你：實際上東尼是我親生的兒子，納德才眞的是我的養子。」

媽媽屏住了呼吸。

「如果告訴他，他是收養來的，小納德會受不了，」韋伯斯特夫人說，「對於納德來說，母親意味著他的生命，意味著自尊心和一種強大的人生安全感。他和東尼不同，東尼這孩子很剛強，是一個能夠自持的孩子，還從來沒有什麼事讓他沮喪過。」

（三）

去年夏天，我在舊金山一家旅館的餐廳裡吃午飯，臨近我的餐桌旁坐著一位高個子男人，身著灰色的海軍機長的制服。我仔細觀察了那張英俊的臉龐和那雙閃爍著智慧的眼睛，然後走到他跟前，問：「你是東尼．韋伯斯特先生嗎？」

原來他就是。他回憶起童年時我們一起在海濱度過的那年夏日。我把他介紹給我丈夫。然後，他把納德的情況簡單地告訴了我們。納德大學畢業後，成了一位卓越有成就的化學家，但他只活到二十八歲就過世了。

「母親和實驗室就是納德那個世界裡的一切，」東尼說，「媽媽曾把他帶到新墨西哥去，讓他療養身體，但他又立即回到實驗室裡去了。他在臨死之前半小時，還忙著觀察他的那些試管。臨終的時候，媽媽把他緊緊摟在懷裡。」

「你媽媽什麼時候告訴你的，東尼？」

「你好像也知道？」

「是的，她早就告訴過我和我媽媽，但我們一直都保守著這個祕密」。

東尼眼睛裡閃爍著晶瑩的淚花，沉默了好一會兒。

「我很難想像，在我的一生中，我還能獻給母親比我已經獻出的更加深切的愛。」他說，「現在我自己也有了一個孩子。我開始思索，在這二十多年裡，母親爲了不去傷害養子那顆天眞無邪的童心，而把親生兒子的位置讓給他，她自己心裡會是怎樣一種滋味呢？」

|作者簡介|

卡斯林·諾利斯，美國人，生平不詳。

悅讀分享

「老吾老以及人之老，幼吾幼以及人之幼」是種高貴的情操，是種超凡的理想，但實際上，一般人限於能力、財力和心胸，不太可能做到。我們可以嘗試努力去做，讓自己安心。

這篇故事中的韋伯斯特夫人所做的應該是「幼人之幼以及吾幼」。她擔心小納德會受不了，如果他知道他是她收養的，所以把他與親生兒子東尼易位，而東尼在人前人後也配合演出。長大成人後，小納德成爲卓有成就的化學家，但二十八歲死在養母的懷裡，始終不知道自己是養子。

如果說東尼不在意，我們也不相信。多年後，他在舊金山巧遇作者，說出的那段話，承認他不太了解母親心中的想法，便是明證：「……我開始思索，在這二十多年裡，母親爲了不去傷害養子那顆天眞無邪的童心，而把親生兒子的位置讓給他，她自己心裡會是怎樣一種滋味呢？」

母親的來信

〔俄國〕克拉夫琴科

母親來信了。

剛進城裡的時候，文卡總是焦急地等待母親的來信，一收到信，便迫不及待地拆開，貪婪地讀著。半年以後，他就無精打采地拆信了，臉上還露出譏誚的冷笑──信中那老一套的內容，不用看也知道。

母親每週都寄來一封信，開頭總是千篇一律：「我親愛的寶貝文卡，早上（或晚上）好！這是媽媽在給你寫信，向你問好，帶給你我最深的祝願，祝你健康幸福。我在這封短信裡首先要告訴你的是，感謝上帝，我活著，身體也好，這也是你的願望。我還想讓你知道：我日子過得不錯……」

每封信的結尾也沒有什麼差別：「信快結束了，好兒子，我懇求你，我祈禱上帝，別和壞人混在一起，別喝伏特加，要尊敬長輩，好好保重自己。在這個世界上你是我唯一的親人，要是你出了什麼事，那我也活不下去了。信就寫到這裡。盼望你的回信，好兒子。吻你。你的媽媽。」

因此，文卡只讀信的中間一段。一邊讀一邊輕蔑地蹙起眉頭，對媽媽的生活興趣感到不可理解。盡寫些雞毛蒜皮，什麼鄰居的羊鑽進了帕什卡·沃羅恩佐的園子裡，把他的白菜全啃壞了；什麼瓦莉卡·烏捷舍娃沒有嫁給斯傑潘·羅什金，而嫁給了科利卡·札米亞金；什麼商店裡終於運來了花俏的小頭巾——這種頭巾在這個城裡，要多少有多少。

文卡把看過的信扔進床頭櫃，然後就忘得一乾二淨，直到收到下一封母親淚痕斑斑的來信，其中照例是懇求他看在上帝的面上寫封回信。

文卡把剛收到的信塞進口袋，穿過下班後變得喧鬧的宿舍走廊，走進自己的房間。

今天發了工資。小伙子們準備上街：忙著熨襯衫、長褲，打聽誰要到哪兒去，跟誰有約會等等。

文卡故意慢吞吞地脫下衣服，洗了澡，換了衣。等同房間的人走光了以後，他鎖上房門，坐到桌前。從口袋裡摸出還是第一次領工資後買的記事本和圓珠筆，翻開一頁空白紙，沉思起來……

恰在一個鐘頭以前，他在回宿舍的路上遇見一位從家鄉來的熟人。相互寒喧幾句之後，那位老鄉問了問文卡的工資和生活情況，便帶著責備的口氣搖搖頭說：

「你應該給母親寄點錢去。眼看冬天就要到了，家裡得請人運木柴，又要劈，又要鋸。你母親只有她那一點點養老金……你是知道的。」

文卡自然是知道的。

他咬著嘴脣，在白紙上方的正中仔仔細細地寫上了一個數字：126，然後由上到下畫一條垂直線，在左欄上方寫上「支出」，右欄寫上「數目」。他沉吟片刻，取來日曆，開始計算到預支還有多少天，然後在左欄寫上：12，右欄寫一個乘號和數字4，得出總數爲48。接下去就寫得快多了：還債—10，買褲子—30，儲蓄—20，電影、跳舞等—4天，1天2盧布—8，剩餘—10盧布。

文卡哼了一聲。10盧布，給母親寄去這麼個數是很不像話的。村裡人準會笑話。他摸了摸下巴，毅然劃掉「剩餘」二字，改爲「零用」，心中叨咕著：「等下次領到預支工資再寄吧！」

他放下圓珠筆，把記事本揣進口袋裡，伸了個懶腰，想起了母親的來信。他打著哈欠看了看錶，掏出信封，拆開，抽出信紙。當他展開信紙的時候，一張3盧布的紙幣輕輕飄落在他的膝上……

作者簡介

克拉夫琴科，俄國人，生平不詳。

悅讀分享

　　這篇小說採用平實的敘述語言，但平實中卻蘊含著作者鮮明的感情傾向。他使母親生活困難卻寄錢給文卡的情節與文卡生活寬裕卻不願寄錢接濟母親的情節形成鮮明對比，有利於刻畫人物形象，突顯作品主題。故事情節設置出乎意料，前文用不少篇幅鋪陳以前母親來信的「千篇一律」，讀者以爲此信亦然，然而事實卻出人意料，這增強了情節的起伏性及小說的可讀性。

　　小說中的文卡是個有些自私、怠惰、愛面子的人，雖然良知未泯但卻不知感恩，不顧母親在生活和情感上的需要。內容表達含蓄雋永：故事至此戛然而止，文卡對這三盧布的紙幣作何感想，作者並未交代。結尾給讀者留下充分的想像空間，發人深省。

　　我們可以從情節設計、人物塑造和主題表現來詮釋文中的母親。從情節設計上看，兒子收閱信件爲明線，母親寫信寄信爲暗線，前者的主要作用是襯托後者。從人物塑造上看，作品通過鋪敘「母親的來信」的內容，鮮明地刻畫出一位對身在異地的兒子千般叮嚀囑咐、萬般牽掛惦念的母親形象，文中文卡的形象，主要起著反應「母親」形象的作用。從主題表現上看，全文意在表現母親對孩子的摯愛這一主題，而文卡未寄盧布卻收到母親寄來的3盧布，更表現出母親的偉大。當然，本文也同時批判了對自己的親人缺乏關愛乃至極度自私的文卡們。

媽媽

〔俄國〕 鮑里斯·克拉夫琴科

一天晚上，我順路來到朋友家。在沙發上就座以後，我們便聊起天來。突然房門開了，他的小兒子站在門口，邊哭邊喊：「媽媽、媽媽……」

「媽媽不在家，」我的朋友從沙發上站起身來，說，「媽媽上班去了。你怎麼啦？摔跤了？自己摔的吧？那沒什麼好哭的。」他給兒子擦乾了眼淚，又說，「好了，去玩吧！」

兒子走後，朋友抱怨說：「總是這樣！媽媽、媽媽的不離口。你知道嗎，有時眞讓人覺得委屈。好像我就不如我老婆愛他。好像我們這些做父親的專門是訓人的。其實，我又給他買玩具，又哄他。你說說，這是爲什麼？」

我聳聳肩說，如果家裡沒有母親，兒子一定會叫父親。

「沒錯。」朋友同意地說，「就拿我來說吧，從小沒有母親。所以，我記得我一直是叫爸爸。」

我起身告辭的時候，他的妻子下班回來了。他們的小兒子也像變魔術似的出現了。他跑到媽媽跟前，講起剛發生的事情來：說他怎樣摔倒的，又如何痛，還怎麼哭過。母親摸摸他的頭，吹吹他跌傷的手，還親了他一下。我的朋友緊皺著眉頭看著我們，嘟囔說：

「瞧瞧，這母子倆多麼親熱……」

過了一段時間，我這位朋友在工作的時候從鷹架上摔了下來。我們把他抬進休息室，叫了一輛救護車，他只是不停地反覆叨念著：「媽媽」。

作者簡介

鮑里斯．克拉夫琴科，俄國人，生平不詳。

悅讀分享

這篇故事雖然不長，卻點出了所有人的共同處。身處危險之地、或身體受到傷害（不論輕重），總是先呼叫「媽媽！」或「娘啊！」。故事中的父親對於兒子不論大小事，總是先叫「媽媽！」十分不以為然，相當吃味。沒想到輪到自己，也是一樣。天性使然，任何人都抗拒不了。

母子浪

〔俄國〕 布洛寧

月掛柳梢頭，公雞破曉時，薩哈森林小橋流水處的一戶人家喜氣洋洋，兒子哼著小曲吧嗒吧嗒地拉風箱，母親淌著大汗剌啦剌啦地烙糖餅。這可不是個尋常的日子，母子倆要過韃靼海峽去哈巴羅夫斯克，去採購兒子結婚用的鑽戒、禮服和伏特加。一位寡婦人家，含辛茹苦二十八年，把兒子培養成鐵塔似的一條大漢，響噹噹的越洋跨海的一艘巨輪上的大副。如今，兒子要娶媳婦，這喜事可不能有半點馬虎。雖不需要多麼豪華光鮮，但總要認眞的端出眞品實料，若是喜宴上擺出劣酒，落個壞名聲不說，搞不好還會鬧出人命。因此，母子倆寧可捨近求遠去哈巴羅夫斯克的「誠信」店，花錢花氣力花時間買放心買信譽，値得！何況，他們還要給鮑勃送去最可口的糖餅。

母親拎著提包在前，兒子背著行囊在後，他們說說笑笑過板橋走小道坐馬車乘汽車，終於登上了明克號海輪。

稱「明克號」爲輪，實在是大大抬舉它了。它充其量也不過是一艘大型的木船而已。好在韃靼海峽不寬，使它能夠多次化險爲夷、死裡逃生，也算是一次又一次地創造了人間奇蹟。兒子看了看明克號斑駁、破舊的外表，不禁搖了搖頭，看來他想勸阻明克號航行的建議再度被擱置了。

三聲低沉嘶啞的汽笛，宣告明克號起航了。顯然，它是油有餘而力不足，船頭左搖右晃地犁開了大海的胸膛，一條海豚一閃身超過了它。海豚在船的正前方高高地躍起、落下，又高高地躍起。

母子倆一眼認出，這條海豚就是他們八年前在海灘上救助的鮑勃。牠來履行朋友的例行約會了。母子倆不約而同地發出呼叫聲，母親趕緊拿出糖餅，兒子把餅一個又一個地拋向鮑勃。鮑勃像雜技團裡最熟練的演員似的，一次次高高躍起，準確無誤地把糖餅納入口中，引來滿船乘客的高聲喝彩。

招呼打了，糖餅吃了，鮑勃該離開了。可是，今天牠一反常態，老在船頭遊來蕩去，有時還橫著，像要阻止明克號的航行。

母親和兒子異口同聲發出嘟叭嘟叭的命令，要牠離去。然而，鮑勃對救命恩人的指令充耳不聞，無動於衷。兒子發火了，他拿起一根長竹竿，高高舉起，狠狠地向鮑勃打去。

鮑勃迎著竹竿躍起。突然，竹竿像被無形的手托住似的，輕飄飄地滑過鮑勃的左腮，引起滿船乘客的哄堂大笑。船自有它非走不可的航程，鮑勃的阻擋無濟於事，牠萬般無奈又不肯善罷甘休，牠在船尾的白色泡沫中沉沉浮浮，緊緊相隨。

韃靼海峽的天氣像孩子的臉——說變就變。剛剛還是日麗風和、海平如鏡，但是才一小時的時間，狂風從天而降，它怒吼著掀起層層巨浪，洶湧澎湃排山倒海。

明克號晃動著，顛簸著。

兒子和母親緊緊地抱在一起。

一陣狂風，一排巨浪，一聲巨響，明克號化爲萬千碎片，沉的沉、浮的浮。

母子倆都掉進海裡了。

兒子是游泳好手，還得過比賽冠軍。憑他的本領，即使風再大浪再高，橫渡韃靼海峽也不是問題。對於這個，當兒子的心裡清楚，當母親的更是心知肚明。在這生死存亡的重要關頭，一定要設法保全兩人的性命。

兒子左手抱著母親，右手一陣猛劃，雙腿用力一蹬，一翻身就浮出水面。他噴了一口氣，甩了一下頭，睜開眼睛，只見鮑勃近在咫尺，牠嘴裡叼著一塊木板，用力一送，不偏不倚撞入懷中。

現在，母親抱著木板的右端，兒子推著木板的左端，時而沖上浪尖，時而墜入波谷。

兒子要辨別方向、判明水流，好以最少的氣力求得最遠的游程。

母親是屬於臨危不亂的人。現在，她完全清楚：母子雙雙逃生，必定雙雙死亡！兒子獨自逃生，必定成功！想到這裡，她趁兒子轉過臉的當下毅然決然地鬆開木板，任自己沉向海底。她恨自己沉得太慢，她想：自己沉得越快越深，離兒子越遠越好，自己離死亡近一步，兒子的安全就增一分。

兒子一回頭，不見了母親。眞正是知母莫若子，他最擔心的事情發生了。面對母親的良苦用心，他心裡更加難受，他想：「媽媽，您怎麼可以這樣做？」

兒子立刻丟開木板，猛然潛下去。

烏雲蔽日，風急浪高，母親在往下沉。她心想：我走了，兒子就平安了！

兒子在往下潛，他心想：找不到媽媽決不上海岸！

兒子第三次潛了下去，他睜大眼睛四處搜尋。終於，他看見鮑勃拱著媽媽向自己逐漸靠攏。

兒子和母親浮出海面的時候，他們碰上千載難逢的「母子浪」。

原來，不同的風向、不同的地形、小同的海流所形成的波浪千差萬別：有並肩而行的兄弟浪，有若即若離的情人浪，有相背而去的仇人浪。母子浪，又稱活命浪，小浪在前，大浪在後，大浪擁小浪，後浪推前浪，滾滾向前直抵彼岸。即使是投海自盡者，要是碰上母子浪，也是欲死無門，母子浪會一次又一次把他送上岸的。

此刻，兒子抱著母親坐在鮑勃的背上，鮑勃順風順水，乘著母子浪直抵安全的彼岸。

作者簡介

布洛寧，俄國人，生平不詳。

悅讀分享

這是一篇相當傳奇的故事。一位寡婦含辛茹苦二十八年，終於把兒子拉拔長大，準備娶親。沒想到乘坐的大型木船遭逢狂風巨浪，破成碎片。母子落海後，掙扎求生。母親爲了不耽誤兒子，一度想放棄。幸虧八年前救助的海豚鮑勃出現，再加上巧遇母子浪，母子倆終於脫險。

故事在於強調母慈子孝，母子連心，再加上海豚報恩式的救援、碰上千載難逢的母子浪，終能化險爲夷。傳奇式的結局讓讀者鬆了一口氣。

以傳統型式說故事的方式宣揚人間美事，重點在於傳述母愛與孝道。

舊餐桌上的美好時光

〔美國〕凱薩琳・比恩

一天下午，我正在廚房做飯，十六歲的兒子安東尼以最快的速度衝了進來，我警惕地抬起頭。安東尼正處於青春叛逆期，最近我們每次見面氣氛都很緊張，爭吵隨時一觸即發。這次他又會有什麼問題？音樂？朋友？我覺得自己快要崩潰了。

「媽，比利・寇根有一條銀色的褲子，我也要一條。」

「為什麼？」我搞不懂他的追星行為。

「媽，比利・寇根是『碎南瓜』樂團的主唱。『碎南瓜』是我最喜歡的樂團呀！」他瞪大眼睛看著我，似乎在跟一個外星人講話。這些天來，我倆正為了這個「碎南瓜」樂團鬧得不開心。

安東尼跟我說好話，央求我，我全都置若罔聞。看我不為所動，他一屁股坐下來，把臉扭到一邊。

「你到哪兒去買？」我沒好氣地說，「可能全城都沒有賣。」

「那我就自己做，但你要借錢給我。」

「忘了它吧，兒子。這輩子你大概就只穿一次。」我斷然拒絕。

但是，我心底有一個聲音在說：「這有什麼，凱薩琳？就一條褲子嘛！」然而，我最終還是近乎頑固地拒絕了。

令我想不到的是，第二天下午安東尼提著一個白色的大包走進家門，看著他把那個大包扔到桌子上，我知道我將要輸掉這場戰爭了。「一米布 6 元 98 分，」他笑嘻嘻地說，「我向朋友借的錢。」

原來，安東尼不但買了布料，連做衣服所需要的別針、紙樣、襯布、拉鍊等也全都買齊了。「媽媽，現在，我該怎麼做呢？」他迫不及待地問。

安東尼十三歲時，在他的強烈要求下，我教過他縫紉，那時，我還是他心中的偶像。學會縫紉後，他自己親手縫製過一條當時流行的褲子。

「你只需要告訴我怎樣開始就行了，媽媽。」他的眼睛盯著我。

我暗暗嘆了一口氣，不情願地在舊餐桌上鋪開那塊閃閃發亮的銀色布料，然後，我們一起攤開那幾張紙樣。「我想把拉鍊露在外面，不要蓋邊。」他說。

「這個我可不會做。你自己想怎麼做就怎麼做。」

安東尼聳聳肩，自己就做起來了，而且速度還不慢。第二天中午，他已開始縫褲袋了。看著他低頭忙碌的樣子，一絲溫柔悄悄地潛入我那賭氣的心。我不由自主地給他指導，參與縫製。安東尼抬起頭，我們相視一笑。我講起一些往事：有一天你玩得太累了，在飯桌上睡著了，一頭把臉栽進了義大利麵條裡；三歲時，你賣了收集來的木瓦片，賺進你的第一個一塊錢……安東尼聽了大笑起來。

一針一線，把布料縫成褲子，也把「碎南瓜」樂團的崇拜者和他愛管閒事的老媽的心重新連在一起了，把我們處於邊緣的關係再次縫緊。四天時間，我們緊繃的關係得到了澈底的修復。

安東尼在週末前穿上那條銀色的褲子，他沒有只穿一次，而是經常穿。他的幾個朋友也很喜歡這條褲子，紛紛拿錢給我，要我幫他們做。「那是安東尼自己做的。」我自豪地告訴他們。

以後的日子裡，雖然安東尼還會惹我生氣，但每當我想起和安東尼在舊餐桌上度過的這段美好時光，心裡很快就會原諒他。

作者簡介

凱薩琳·比恩，生平不詳。

悅讀分享

這是一篇小小說。全文圍繞著「一條銀色的褲子」，文中母親對安東尼的態度是漸進的，先是拒絕（反對），然後理解（支持），最後感到自豪。

作者多處爲母親修復母子關係埋下了伏筆：「這有什麼，凱薩琳？就一條褲子嘛！」表明母親爲是否答應兒子的要求而猶豫；「我知道我將要輸掉這場戰爭了」，輸掉這場戰爭，暗示母親對兒子的固執感到無奈，產生了動搖；「我暗暗嘆了一口氣，不情願地在舊餐桌上鋪開那塊閃閃發亮的銀色布料」，嘆氣和鋪開布料，表明母親在行動上已開始讓步；「一絲溫柔悄悄地潛入我那賭氣的心」，悄悄地潛入，表明母親逐漸包容、理解安東尼。

安東尼是一個處於叛逆期的青少年，他自立、熱情，值得肯定。然而，他追星狂熱，過於衝動、固執，不可取。小說以「舊餐桌上的美好時光」爲標題，是爲了營造溫馨的氛圍，暗示母子關係的修復；並引起讀者的想像，含蓄地表達了加強溝通，互相理解，共享美好時光。

家的畫像

這是一個充滿愛，而沒有競爭的世界；
必是前世的祈願，讓我們在今生相聚；
當我們走遍天涯，身心俱疲之時，
家是唯一的終點站——有愛就有天堂！

父親沒有赴約

〔美國〕 羅伯特・諾格斯

這個故事發生在風景如畫的國家——丹麥的一家旅店裡。這種旅店通常供應遊客食物和飲料。這兒的人都講英語。我和父親因爲生意上的事，也因爲旅遊而來到這間旅店，度過愉快的時光。

「我眞希望母親和我們一起在這兒，該有多好！」我說。

「如果你母親來這裡，帶著她去附近旅遊一定非常愜意！」父親說。

年輕時他曾經在丹麥旅遊參觀。我問：「您自那次旅遊離開此地後，到現在有多長時間了？」

「哦！大約三十年。我依稀記得路途上曾經到過這個旅店。」他朝周圍看了看，沉浸在回憶的氣氛中。

「那是多麼美好的日子……」突然他沉默了，我看見他的臉變得異常蒼白。隨著他的視線望去，我發現一位婦女手裡拿著一個托盤飲料站在一群顧客面前。看得出她從前也許很漂亮，但現在發胖了，頭髮顯得有些凌亂。我問父親：「您認識她嗎？」

「從前認識。」他說。

這位婦女來到我們桌前，問：「要飲料嗎？」

「她變得太多太多了。感謝上帝她沒有認出我。」父親輕聲低語，手裡拿著手帕做了個鬼臉。「在遇到你母親之前，我曾經認識她。」他繼續說，「那時我還是個學生，到這裡來旅遊。她當時是個年輕可愛的少女，溫柔婉約、嫵媚動人。我們瘋狂地相愛了。」

「母親知道這事嗎？」我突然忿忿不平地說。

「當然知道。」父親焦急地看著我，輕聲說。我能感覺到他此時的窘迫。

我說：「爸，您大可不必……」

「假如你母親在這兒，她將告訴你這一切。我不想讓你爲此操心。那時我對她和她的家庭來說就是個外國人。當時我的生活完全依賴你爺爺。如果她跟我結婚，她不會有任何前途，所以她父親竭力反對我們。當我寫信告訴父親我想跟她結婚時，你爺爺便拒絕提供任何金錢援助，於是我不得不返回故鄉。但是臨走前我們見過一次面，我告訴她我必須回美國去借些錢，幾個月後回來就跟她結婚。」

「我們知道，」他繼續說，「她的父親可能會攔截我們的來往信件。所以我們決定我將簡單地給她寄一個紙條，告訴她我們見面的時間和地點，在那裡我們將舉行婚禮。然後我就回美國貸款並寫信告訴她見面的事。她收到信後復函說，『屆時我將如期而至。』可是她沒有去。後來我得知她在約定日期的兩週前和當地一個旅店老闆結婚了。她沒有等到我們預定的時間。」

接著，父親說：「感謝上帝她沒有赴約。回家後我遇到了你母親，我們過得非常幸福。我們常爲這個年輕時的騎士故事說笑尋開心。我想你日後不妨把這件事寫成文章。」

那位婦女拿著啤酒出現在我們面前。

「你是從美國來的嗎？」她問我。

「是的。」我說。

她微笑著說：「哦，美國，令人神往的地方。」

「是的，你的許多同胞都去美國了，你曾考慮過嗎？」

「嗯，不是現在。」她說，「很久以前我曾經想過。但最後我還是留在這裡。留在這裡挺不錯的。」

喝罷啤酒我們離開旅店。我問父親：「爸，您給她的信上的日期是怎麼寫的？」他停下腳步，掏出一個信封在上面寫了幾個字。「像這樣，」他說，「12/11/13，就是說 1913 年 12 月 11 日。」

「糟了！」我驚呼，「在丹麥和其他任何歐洲國家不是那個日期。在這些地方，人們按日、月、年的順序寫日期。所以你寫的日期不是 12 月 11 日，而是 11 月 12 日！」

父親用手捂住臉。「哦！她到那裡了！」他驚叫道，「只因爲我沒有赴約，她才跟別人結婚。」他沉默了片刻。「還好，」他說，「我衷心祝她幸福。實際上看來她似乎如此。」

當我們總結此事時，我突然說：「這眞是件幸運的事，否則你不會遇上媽媽。」

父親雙手放在我肩膀上，溫和地看著我，微笑地說：「我是雙倍的榮幸，小伙子，不然的話，我既不會遇上你母親，更不會遇上你！」

作者簡介

羅伯特·諾格斯，美國人，生平不詳。

悅讀分享

這篇小說沒有直接描寫「父親」和「母親」之間的愛情，而是通過描寫「父親」與一個丹麥女孩之間美麗的誤會，側面表達了「父母親」之間美好的愛情。父親雖然與丹麥女孩的愛情失之交臂，與母親的愛情卻依然全心投入，這啓示人們，人的一生不能與過去的遺憾糾纏，應該抓住當下，樂觀幸福的過生活。

在兒子的追問下，父親的心理變化是漸進的，先是旅遊來到客棧，心情愉快；面對「我」的追問以及昔日的「她」，感到非常窘迫；接著知道日期錯誤後，表現驚詫痛苦。最後發現如今大家都幸福，變得很坦然。

「我」這個人物在小說中擔任十分重要的角色。他是線索人物，貫穿故事始終。「我」的幾次發問，推動了故事情節的發展。「我」是小說故事的見證者，增加小說的眞實性。

「巧合」是這篇故事的主要推動力。當年父親與丹麥女孩偶遇熱戀、父親與丹麥女孩因誤讀日期錯過婚姻、父親與母親結婚過著幸福生活、故地重遊，父親再遇當年的女孩、得知丹麥日期的書寫習慣，揭示眞相都是巧合。眞是「無巧不成書」。

洞察力的問題

〔美國〕瓊・比爾・莫斯雷

在我家那本已有些時日的「家庭聖經」裡，有一頁是用來專門記載特別的日子，多半有說明，不是婚喪，就是生日。也有些日子未加注明，好像寫的人不忍心把所發生的事記錄下來。這樣的日子當中，有一個是墨水已經褪了色的，日期是 1926 年 10 月 18 日。

那天早晨，和往常一樣，我和我姐姐爲了該輪到誰洗碗，吵了一架。我們討厭洗碗，因爲這種差事太沒意思了。但是這樣的爭吵並不影響我們之間以及家人之間的感情。我們的家人中還包括爺爺和奶奶。

那天，在上學的路上，經過齊默太太家時，她興沖沖地對我們說：「你們放學後，到我這裡來一下，我給你們一瓶我自己做的蘋果醬。」

學校裡的過道很擠，學生們吵吵嚷嚷、推推搡搡。我聽到一個老師很生氣地對另一個老師發牢騷：這群孩子都是以自我爲中心，不識好歹，沒良心的傢伙。他們對別人的需要痲木不仁，視而不見。她那氣憤的言語中，有幾個字眼對我來說是陌生的，但我可以確定絕不是讚美的詞。後來我把它們記在生字本裡，過了一陣子，我查到這些詞的意思。有一個「Pception」，眞使我神往，它的意思是一種洞察力、理解力，或是通過感官得到的直接判斷。無疑地，我們都缺乏這種「Pception」。

放學後回到家，正準備吃晚飯，傳來了敲門聲。原來是和父親一起在礦場做工的哈里先生。他的臉色慘白，雙手在發抖，問我：「你母親在家嗎？」

「什麼事？」已經站在門口的媽媽把我推到一邊，問道。

「出事了，比爾太太。」哈里先生輕聲說道。

「是威爾遜嗎？」媽媽用近乎耳語的聲音問。

哈里先生點點頭，接著說：「還算運氣，我們攔住了一輛快車，把他送到聖路易一個設備良好的醫院去了。他的胳膊被皮帶纏住，正在對他進行全力搶救。」

母親已經解下了圍裙，用手整一整頭髮，對圍在門口的我們說：「我要出門幾天，你們要和平常一樣，乖乖地上學，幫助爺爺、奶奶做家事。一切都不會有問題的。」

但是一切都有問題。幾天後，爺爺去了趟聖路易，回來後告訴我們，父親的一隻胳膊恐怕保不住了。實際上，父親的一隻胳膊已被截掉了，只不過爺爺認為，像這樣的壞消息，不要一下子，而要一點點地告訴我們。

母親回來後，我們知道了事情的眞相，但是這個眞相太殘酷了，使我們小小的腦袋瓜接受不了。一定的。每天都有可能，我們會聽說這不是眞的。一定的，我們會聽說，這個抱著、甩著我們玩的肌肉發達的胳膊已經接好了。

母親告誡我們：「當爸爸回來時，你們不要在他面前哭，也不要表現出好像發生了什麼大事的樣子。日子要像平常一樣過下去。你們知道，生活就是這樣的，這才是爸爸的願望。」

像平常一樣過日子！是不是母親受的刺激太大了？她講這些話都有些語無倫次了。

爸是在夜裡被人送回家的。我們什麼都聽見了，但是假裝睡覺。媽媽說過：「爸爸一路上回來會很累，你們最好在早上見他。」

這一夜眞長。明天，我們將做什麼？說什麼？父親將會是什麼樣子？

第二天早晨，父親坐在廚房壁爐旁的椅子裡。他看上去變白了，也瘦了。爐火照著他那長長的、癟癟的袖子。到了一定的時候，我和姐姐可能會習慣被他用一隻手擁抱，但那第一次，那可怕的空缺，那少了一隻手的擁抱，只能使人感到心如刀割。我喉頭哽住了。

當我們站在爸爸身邊，像在問候一個陌生人的時候，奶奶卻轉到食品貯藏室幹什麼去了。母親背對著我們，把已擺好的麵包又擺弄了一遍。爺爺則提著桶去井邊打水。

一切都不對勁！奶奶從貯藏室裡出來，是踮著腳尖走路的。爺爺從井邊回來，連常說的關於早晨空氣好的話都沒說。在餐桌上，媽媽把蘋果醬遞給我們時說：「這是齊默太太送的。」但是她的聲音太高了。

我和姐姐勉強吃了夾心餅乾。往常我們很浪費，喜歡把夾心挖掉，只吃外面那層餅乾。但這次我們把夾心也吃了，沒有浪費，我們覺得做的很對。唉！什麼東西又堵在嗓子裡了。日子要像平常一樣過下去！但怎麼過得下去？

最後，姐姐把椅子往後一推，對我說：「今天該輪到你洗碗了。」我明明記得，不該輪到我，昨天晚飯後是我洗的碗，還打碎了一隻奶奶喜愛的盤子。我憋著氣什麼也沒有說。哼！在剛剛回到家，只有一隻胳膊的爸爸面前，第一件事就是吵架，那我不就是那個、那個什麼詞兒來著，噢，是「不知好歹」，沒有良心的人。「就該輪到你啦！」姐姐說，好像我已經說了不肯洗似的，她用的是平常吵架的那種調調。我吃驚地望著她，她是不是，哪個叫什麼詞兒啦？噢，她是不是「麻木不仁」？

然後，她的眼睛微微地閃了一下，把我要開口說的話擋了回來。還有一個詞叫什麼？ Perception，是的，洞察力！我在她的眼神裡看到了這個詞。「不該輪到我！」我像平常一樣火了。「就該是你！」

「孩子們！孩子們！」母親用安詳、自然、帶點欣慰的口氣阻止了我們。

我們走到母親的身旁，眼睛掃過父親的臉。他在微笑，那是一切都好、心滿意足、總算到了家的微笑。

在很多年以後，我再看「家庭聖經」裡的這個日期，問我自己，我是否應該補寫上：爸爸失去胳膊的一天。不，不要這麼寫，要寫下我對那天老師意見的回答，我的回答是：你錯了，孩子們也是有洞察力的。

我還要加上一句：請你們務必不要忘記這一點。

作者簡介

瓊・比爾・莫斯雷，美國人，生平不詳。

悅讀分享

文中有個關鍵的英文字：perception。「我」在學校聽到老師訴苦時，曾提及這個字，卻聽成 pception。故事結尾時，「我」充分了解這個字的意涵，當然沒拼錯了。

故事發生在上個世紀三〇年代，美國大蕭條的年代。可想而知，失去一臂的父親極可能面臨失業危機。但他們一家人盡力而爲，設法過日子，這就是窮人的韌性，遇到任何難事，都會設法解決，繼續勇敢的活下去。

母親認爲，即使家中出了大事，日子也要像平常一樣過下去。這位強者感到「欣慰」是因爲她感到孩子們像她一樣堅強，以後的生活「一切都不會有問題」。我們可以推斷，「我」從缺乏到具有「洞察力」，是因母親告誡他們：「日子要像平常一樣過下去。你們知道，生活就是這樣的，這才是爸爸的願望。」

小說主題的表述在於說明「我們」一家人之間有著「深厚的感情」。遇到天災人禍要堅強，「日子要像平常一樣過下去」。「孩子們也是有洞察力的」，並不都是些以自我爲中心、對別人的需要視而不見的人。

了不起的兒子

〔巴基斯坦〕 米赫里茲．伊克巴爾

傍晚，公司經理阿里夫回到家，一反常態，寡言少語。

「怎麼了，親愛的？」妻子問道。

「有個陌生人今天下午打電話來，」他回答說，「他請我提供一份特殊的檔案資料，還說要給我一萬盧比作回報。」

「爸爸，他要那份資料做什麼？」十歲的兒子納賽問道。

「那是一份十分重要的文件，那個人是我們公司競爭對手的老闆，他如果得到那份資料，就可以打倒我們公司……」

「如果你把那份資料交給他，你就對你的老闆不忠誠了。爸，你總是教育我要忠誠、實在，請你永遠不要做這種事，要不然我會生你的氣的。」

「納賽，」媽媽搶白道，「別管你爸爸的事！」

第二天一早，電話鈴響了，阿里夫急忙過去接，幾分鐘後，他走過來，對妻子說：「還是那個人，現在他給我二萬五千盧比。他說他可以給我一份假的檔案資料，那樣我就不會被抓住了。」

「你何不接受呢？」妻子建議說，「這可是一大筆錢，況且你會平安無事。」

「可是我還是拒絕了，」阿里夫說，「你不記得昨晚納賽的話了嗎？」

納賽得知他的父親仍堅持要忠誠、實在，不由得鬆了一口氣。那天夜裡，納賽在夢中被一陣急迫的電話鈴聲驚醒。他聽見父親起來去接電話。

母親問：「什麼人？」

「還是那個人，」父親說，「他已經把錢增加到十萬盧比，並且答應任命我爲他公司的經理，工資高，條件優厚。」

「阿里夫，你該接受了！你對現在的上司忠心耿耿，可他給了你什麼？僅僅是微薄的薪水而已！」

「你說的很對，」父親說，「可是你想想我們兒子的話。錢並不能使一個人幸福，忠誠和道德在一個人一生中是有相當分量的！」

「納賽太小，決定不了這麼重要的事。」母親說，「忠誠和道德不過是寫在書本上的東西，在現實生活中根本派不上用場。」

納賽一直在床上傾聽談話，他從床上坐了起來，對爸爸說：「爸爸，你曾經答應我不會欺騙你的老闆的。」

「睡覺吧，兒子，我不會接受這筆錢的。」父親說。納賽好高興，就放心去睡了。

「醒醒，該起床了！」母親大聲叫喚他起床。父親告訴納賽：「那個人今天早上又打電話來了，他說要給我一百萬盧比並任命我為他公司的經理，條件是今天下午以前我得把那份檔案資料交給他，否則他要綁架你，我的兒子。」

「爸爸，希望你再次拒絕他！」兒子堅決的說。

「我沒有拒絕他，兒子，」父親說，「我告訴他再給我一點時間考慮考慮。」

正在這時，電話鈴又響了，父親急忙去接電話。只聽他喊道：「不，我不接受，看你敢綁架我的兒子！」說完掛了電話。

「太好了，爸爸。」納賽高興極了。

那天下午，父親回家進門的第一句話就是：「兒子回來了嗎？」

「沒有，」母親焦急地說，「現在他應該回家了。他只是個傻孩子，你還聽他的主意，如果他發生什麼意外，我跟你沒完！」

「你冷靜點兒，親愛的。但願我們的兒子不會被那個壞蛋綁架了。我現在就打電話報警，把這一切都告訴他們。」正當他撥電話的時候，一輛小轎車開進了院子裡。

「我們的兒子回來了！」母親興高采烈地喊道，「是你的老闆用他的車帶來的！」

「我不明白這是怎麼回事，先生。」父親邊說邊請老闆進客廳就坐。

「打神祕電話的人是我的僕人，」老闆說，「我想試一試你的忠誠。我要長久定居國外，想找個忠誠的合夥人管理這家公司。我很高興，你正是我要找的人。」

作者簡介

米赫里茲・伊克巴爾，巴基斯坦人，生平不詳。

悦讀分享

這篇作品的敘事線索是一個陌生人的電話，圍繞這一線索，主要通過人物對話來推動故事情節的發展，刻畫人物形象，彰顯作品的主題。

全文集中在描繪三個主要人物：阿里夫、阿里夫的兒子納賽和阿里夫的妻子。阿里夫忠誠善良、老實守信。阿里夫的兒子納賽純樸真誠、乖巧懂事。擔心丈夫兒子安危的阿里夫妻子，趨近於妥協。

故事結尾敘述被綁架的納賽平安地被送回了家，阿里夫意外地被提升爲公司合夥管理人。這樣的結尾是這篇小說的主題，它告訴讀者：忠誠善良、老實守信是一個人最重要的德行，因爲誠信是一切美好品德的基礎，也是我們一輩子受用不盡的精神財富。守住誠信，就是守住了人間眞情，守住了成功的祕訣。

從小說的結構來看，本文採用了「意想不到的結尾」（也就是大家熟悉的「歐．亨利式的結尾」）。這種手法構思新奇，巧設懸念，令人難以猜測，到結束時才讓我們恍然大悟，出乎意料之外又在情理之中。

半份禮物

羅伯特・巴里

那一年我十歲，我哥哥尼克十二歲。對我們倆來說，這一年的母親節，眞是個讓人興奮的日子——我們要各自送給母親一份禮物。

這是我們送給她的頭一份禮物。我們是窮人家的孩子，要買這樣一份禮物，可就非同尋常了。我和尼克很走運，前些日子幫人打雜都掙了一點兒外快。

我和尼克想著這件會讓母親感到意外的事，越想心裡越激動。我們把這事對父親說，他聽了得意地撫摩著我們的頭。

「這可是個好主意，」他說，「這一定會讓你們的母親高興得合不攏嘴。」

從他的語氣，我們聽得出他在想什麼。在他們共同生活中，父親能夠給予母親的東西眞是太少了。母親一天到晚操勞不停：既要做飯，又要照料我們，還要在浴缸裡洗我們全家人的衣服，而且從無怨言。她很少笑。不過，她要是笑起來，那就是我們最盼望的美事了。

「你們打算送她什麼禮物？」父親問。

「我們倆將各送各的禮物。」我答道。

「請您把這事告訴媽媽，」尼克對父親說，「這樣她就可以開心地想像了。」

父親說：「這麼了不起的想法，竟出自你這個小腦袋瓜，你可真聰明！」尼克高興得面泛紅光，他把一隻手放在我的肩頭說：「鮑勃也是這麼想。」

「不，」我說，「我沒有這麼想過。不過，我的禮物會彌補這個不足。」

接下來的幾天，我們和母親都很高興地玩著這個神祕的遊戲。母親做事時滿面春風，她假裝什麼也不知道，但臉上總是掛著笑容。我們家裡充滿著愛的氣氛。

尼克找我商量該買些什麼禮物。

「我們誰也別對誰說自己要買什麼。」尼克說。他見我總也拿不定主意，已等得不耐煩了。

我再三考慮，最後買了一把上面鑲有許多亮晶晶小石子的梳子。這些小石子看上去就像鑽石一樣。尼克也稱讚我買的禮物，但他卻不願說自己買的是什麼。

「等我選定個時間，我們再把禮物拿出來送給媽媽。」他說。

「什麼時間？」我納悶地問。

「再看看，因為這跟我的禮物有關。你就別再問什麼了。」

第二天早上，母親準備要擦洗地板。尼克對我點頭示意；然後我們就跑去拿各自的禮物。

我折返回來的時候，母親正跪在地上，顯得疲累不堪地擦洗著地板。她用我們穿爛了的破衣片，一點一點地把地板上的髒水擦去。這是她最討厭做的事。

然後，尼克拿著他的禮物過來了。母親一看到他的禮物，頓時臉色慘白。尼克的禮物是一個新拖把和絞乾桶！「一個新拖把，」她說著，傷心得幾乎說不下去。「母親節的禮物，竟然是一個……一個新拖把……」尼克的眼裡閃著淚光。他默默地拿起拖把和絞乾桶往樓下走去。

我把梳子裝進我的衣袋，也跟著他跑了去。他在哭著。我也哭了。

我們在樓梯上碰到父親。因為尼克哭得說不出話來，我便向父親說明事情的原委。

「我要把這些東西拿回去。」尼克抽抽噎噎地說。

「不，」父親說著，接過了他手裡的拖把和絞乾桶。「這是一份很了不起的禮物。我自己應該想到它才對啊。」

我們又走到樓上。母親還在廚房裡擦洗地板。

父親二話沒說，用拖把吸乾了地上的一攤水；然後又用水桶上附帶的腳踏絞乾器，輕快地把拖把絞乾。

「你沒讓尼克把他要說的話說出來，」他對母親說，「尼克這份禮物的另一半，是從今天起由他來擦洗地板。是這樣嗎，尼克？」尼克明白了其中的道理，羞愧得滿面通紅。

「是的，啊，是的。」他聲調不高但卻熱切地說。

母親體恤地說：「讓孩子做這麼重的工作是會累壞他的。」

到了這個時候，我才看出父親有多麼聰明。「啊，」他說，「用這種巧妙的絞乾桶和拖把工作，做起來一定會比原先輕鬆多了。這樣你的手就可以保持乾淨，你的膝蓋也不會被磨破了。」父親說著，又敏捷地示範了一下那絞乾器的用法。

母親傷感地望著尼克說：「唉，女人可真蠢啊！」她吻著尼克。尼克這才感到好受了一些。

接著，父親問我：「你的禮物是什麼呢？」尼克望著我，臉色全白了。我摸著衣袋裡的梳子，心裡想，若把它拿出來，又會像尼克的拖把一樣，僅僅只是一個附絞乾桶的拖把。就算說得再好，我的梳子也只不過是鑲了幾塊像鑽石一樣閃亮的小石子罷了。

「一半的絞乾桶。」我悲苦地說。尼克以同情的目光望著我。

作者簡介

羅伯特・巴里，生平不詳。

悅讀分享

這是一篇十分溫馨的小說。以「半份禮物」爲題，其中的禮物便成爲貫穿全文的線索。「半份」有違常理，成爲懸念，吸引讀者繼續看下去。故事結束時，「半份」的雙重含義完全展露：禮物「我」和尼克各一半，擦地板和絞乾的工作各負責一半，同時暗示主題，最好的禮物應該是理解、關愛和分擔責任。

文中父親巧妙化解矛盾，爲孩子解圍，安慰了妻子，並教育孩子要了解母親，替她分擔家務。他的聰明就展露在這兩方面。

文中母親說自己眞蠢，有點自責自己誤解孩子的心意，同時又捨不得讓孩子做粗重的工作。實際上，她是個淳樸、勤奮和眞誠的母親，整天操勞，毫無怨言。

最後，「我」說出「一半的絞乾桶」時，我「悲苦」，尼克「同情」，兩人都明白錯選了禮物。

樸實的語言、鮮明的形象、豐富的情感和精妙的構思是這篇小說的特色。這是個成長的故事，但展現了複雜的親情糾葛，體現了「愛的付出」這一永恆的主題，親情、友情、愛情盡在其中。

祖父的手錶

斯坦．巴斯托

那塊掛在床頭的錶是我祖父的，它的正面雕著精緻的羅馬數字，錶殼是用金子做的，沉甸甸，做工精巧。這眞是一只漂亮的錶，每當我放學回家與祖父坐在一起的時候，我總是盯著它看，心裡充滿著渴望。

祖父病了，整天躺在床上。他非常喜歡我來陪他，經常詢問我在學校的狀況。那天，當我告訴他我考得很不錯時，他眞是非常高興，「那麼，不久你就要到新的學校去了？」他這樣問我。

「然後我還要上大學。」我說，我彷彿看到了未來的路，「將來我要當醫生。」

「你一定會的，我相信。但是你必須學會忍耐，明白嗎？你必須付出很多很多的忍耐，還有艱辛的努力，這是走向成功的必經之路。」

「我會的，祖父。」

「好極了，堅持下去。」

我把錶遞給祖父，他牢牢地盯著它看了好一會兒，給它上了發條。當他把錶遞還給我的時候，我感到了它的分量。

「這錶跟了我五十年，是我事業成功的印證。」祖父自豪地說。祖父從前是個鐵匠，雖然現在看來很難相信這雙虛弱的手曾經握過那麼巨大的鐵鎚。

盛夏的一個晚上，當我正要離開他的時候，他拉住了我的手。「謝謝你，小傢伙」，他用一種非常疲勞而虛弱的聲音說，「你不會忘記我說的話吧？」一剎那，我被深深地感動了。「不會，祖父。」我發誓說，「我不會忘的。」

第二天，媽媽告訴我，祖父已經離開了人世。

祖父的遺囑讀完了，我得知他把那只錶留給我，並說我能夠保管它之前，先由我母親代爲保管。我母親想把它藏起來，但在我的堅持下，她答應把錶掛在起居室裡，這樣我就能經常看到它了。

夏天過去了，我進入一所新的學校。我沒有很快交到朋友，有一段時間，我很少與其他同學來往。其中，有一個家境富有的男孩，經常在同伴面前炫耀他的東西。的確，他的腳踏車是新的，他的靴子是高檔的，他所有的東西都比我們的好——直到他拿出自己的那只手錶。

正如他自己所說的，那錶不但走得非常準確，而且還有精緻的外殼，難道這不是最好的錶？

「我有一只更好的錶。」我宣稱。

「眞的？」

「當然，是我祖父留給我的。」我強調。

「那你拿來給我們看看。」他說。

「現在不在這兒。」

「你一定沒有！」

「我下午就拿來，到時你們會感到驚訝的！」

我一直在擔心怎樣才能說服母親把那只錶給我，但在回家的路上，我記起來那天正好是清潔日，母親把錶收進抽屜裡了。一等她走出房間，我一把抓起錶放進口袋。

我急切地盼著回校。吃完中飯，我從車棚推出了自行車。

「你要騎車？」媽媽問，「我想它應該要修一修了。」

「只是一點小毛病，沒關係的。」

我騎得飛快，想著即將發生那興奮的時刻，我彷彿看到了他們羨慕的目光。

突然，一隻小狗竄入我的車道，我死命地握住後煞車，然而，在這同時，煞車線斷了——這正是我想去修的。我趕緊又握住前煞車，車子停下來了，但我也撞到車把上。

我爬了起來，揉了揉被摔的地方。我把顫抖的手慢慢伸進口袋，拿出那只祖父引以自豪的寶貝。錶殼上出現一條凹痕，正面的玻璃已經粉碎了，羅馬數字也古怪地扭曲了。我把錶放回口袋，慢慢地騎車到學校，痛苦而懊惱。

「錶在哪兒？」男孩們追問。

「我母親不讓我帶來。」我撒了謊。

「你母親不讓你帶來？眞新鮮！」那富有的男孩嘲笑道。

「多棒的故事啊！」其他人也跟著起哄。

當我靜靜地坐在桌邊的時候，一種奇怪的感覺襲了上來，這不是因同學的嘲笑而感到的羞愧，也不是因爲害怕母親的發怒，都不是，我所感覺到的是祖父躺在床上，他虛弱的聲音在叮嚀：「要忍耐，忍耐……」我幾乎要哭了，這是我年少時代最傷心的時刻。

作者簡介

斯坦．巴斯托，生平不詳。

悅讀分享

作者在小說中借「祖父的錶」表達的是祖父對「我」的期望、囑託和愛。作者以「祖父的錶」爲標題，不是爲寫祖父的錶而寫的，小說顯然是取其象徵意義，其中還寄託著「我」的渴望和人生夢想，讓我懂得堅持和忍耐。「祖父的錶」在小說中的作用，首先是小說圍繞「祖父的錶」展開故事，起到了線索的作用，其次是「祖父的錶」暗示了小說的主題。

在作者的筆下，「我」對未來有夢想有理想，但沉不住氣，既幼稚又單純。「我」受不了富有男孩的炫耀，衝動的跑回家拿錶。作者借富有男孩和「我」的互動，來推動情節發展，更好的揭開了小說主題。

爲了使小說顯得更眞實親切，作者採用第一人稱的敘述視角，帶動讀者融入作品中，發揮其主動性；通過「我」敘述整個事件的來龍去脈，使得小說主題更清楚。

整篇故事重心在於告訴讀者：成功的人生需要艱辛的努力，而且要堅持不懈。除此之外，每個人都必須了解到，人生的成長需要忍耐、沉得住氣。

午夜電話

〔美國〕利斯蒂．克雷格

我們都知道午夜的時候突然來一個電話會是什麼樣的感覺。這個電話也是一樣。我一聽到電話鈴響，就立刻從床上爬起來去抓話筒，同時看了看時鐘上的紅色數字。三更半夜的，急促的電話鈴聲，種種恐懼的念頭湧入我睡意矇矓的大腦。

「喂？」

我的心突然沉重的一跳，下意識地把話筒握得更緊一些，眼睛注視著我的丈夫，此時，他正把臉轉向我這兒。

「媽媽？」由於靜電干擾，我幾乎聽不見電話裡的低語聲，但是我立即想到了我的女兒。當電話另一端那個年輕帶著哭腔的絕望聲音變得越來越清晰的時候，我伸手握住了丈夫的手腕。

「媽媽，我知道現在已經很晚了。但是，不要……不要說話，聽我說完。在你問話之前，沒錯，我喝了酒。我一路駕車回來，跑了好幾英里的路……」

我猛吸了一口涼氣，鬆開丈夫的手腕，把手覆在額頭上。

「我很害怕。我所能考慮的是如果警察對你說我死了，這會對你造成多大的傷害。我想……回家。我知道離家出走是錯誤的。我知道你很爲我擔心。我幾天前就應該給你打電話了，但是我害怕……很怕……」極度壓抑著痛苦的啜泣聲，通過話筒灌注到我的心裡。我女兒的面孔立即浮現在我腦海裡，我睡意矇矓的意識變得清晰起來，「我想……」。

「不！請讓我把話說完！拜託你！」她懇求道，聲音裡沒有太多的憤怒，但充滿了絕望。

我住口不言，開始考慮該說什麼。這時候，她繼續說：「我懷孕了，媽媽。我知道我現在不應該喝酒……尤其是現在，但是我很害怕，媽媽。非常害怕！」聲音再次中斷了，我咬著嘴唇，覺得自己的眼睛溼潤了。我朝丈夫看了看，正靜靜地坐在那裡。他問：「是誰」？我搖搖頭，因爲我不知道該如何回答。他跳下床，走出房間，幾秒鐘後拿著一具電話回來，他把話筒貼在耳邊聽著。

她一定聽到電話裡的喀嗒聲，因爲她問：「你還在聽嗎？請不要掛斷電話！我需要你，我覺得很孤獨。」

我抓著話筒，注視著我丈夫，尋求指導。「是，我在聽，我不會掛的。」我說。

「我早就應該告訴你，媽。我知道我應該告訴你。但是我們一談話，你就只是告訴我應該怎麼做。你讀過所有關於如何處理事情的書，但是長久以來，都是你一個人在說，你從不肯聽我說。你從不肯聽我告訴你我的感覺，好像我的感覺一點也不重要。因爲你是我的母親，你認爲你知道所有的答案。但是有時候，我不需要答案，我只想有人聽我說。」

我覺得喉間鯁著一個硬塊，眼睛注視著床頭櫃上那本攤開的《如何跟你的孩子交談》的小書。「我在聽著呢。」我輕聲說。

「你知道，我駕車回到這條路上，才開始想到我的孩子，想保護他。然後，我看見這個電話亭，我彷彿又聽到你說不應該喝酒，更不應該酒後開車的話。所以我叫了一輛計程車，我想回家。」

「你做得很對，親愛的。」我說，我覺得心裡的痛苦有所減輕。丈夫坐得離我更近一點，把他的手指插進我的手指中。我從他的觸摸知道他的心裡想得和我一樣，並且認爲我說得恰到好處。

「不過你知道，我認爲我現在能開車。」

「不行！」我猛咬了一下嘴唇。我的肌肉變得緊張起來，我緊緊地握住丈夫的手。「你要等計程車。在計程車來之前不要掛斷電話。」

「我只想回家，媽媽。」

「我知道，但是爲了媽媽，你必須這樣做。請你等計程車來。」

我聽到電話裡一片沉寂，心裡很害怕。我聽不到她的回答。我咬著嘴唇，閉上眼睛。無論任何，我必須阻止她親自開車。

「計程車來了。」

直到我聽到電話裡有人叫「計程車！」的那一刻，我才感到如釋重負。

「我要回家了，媽媽。」我聽到電話喀嗒一聲掛斷了，接著話筒裡一片寂靜。

我下了床，眼裡盈滿淚水。我走到客廳，來到我十六歲女兒的房間。黑暗、沉寂籠罩著房間裡的一切。丈夫來到我身後，伸出胳膊摟著我，他的下巴貼在我的頭頂上。我擦去臉頰上的淚水：「我們必須學會聆聽。」我對他說。

他把我的身體扳過去面對他：「我們會學會的。沒問題的！」然後他把我擁進懷裡，我把頭伏在他的肩膀上。我任由他抱著我。過了一會兒，我站直身子，注視著女兒的床。他深思了片刻，然後問道；「你認爲她會知道她撥錯號碼了嗎？」

我看著我們熟睡中的女兒，然後轉向他說：「也許這不是一個撥錯的號碼。」

「爸，媽，你們在幹什麼？」女兒的聲音從棉被底下傳出來，有點模糊。女兒從床上坐起來，我走到她的床邊。

「我們正在練習。」我回答。

「練習什麼？」她咕噥一句，又躺了回去。她的眼睛很快又閉上了。

「練習聆聽。」我輕聲說，並用手撫摸著她的臉頰。

作者簡介

利斯蒂・克雷格，美國人，生平不詳。

悅讀分享

依據常理判斷，午夜電話往往令人心驚膽跳，因爲在此時撥來的電話經常是緊急的、危險的口信。打電話者之間一般也應該都比較熟悉，但從全文來看，被稱爲媽媽的「我」並不知道打電話的人是誰，她們彼此根本不認識。這是一個打錯的電話。

文中的「我」是個關心他人、善於傾聽陌生人心事的母親。「我」是個有耐心的母親。首先，「我」耐心地聽一個陌生的女孩的傾訴，雖然是在半夜，睡意矇朧的時候；其次，「我」一再堅決阻止陌生女孩開車回家，要求她坐計程車；再者，「我」一直陪她說話，直到計程車來到。小說開始的時候，讀者都以爲出走的是「我」的女兒，結尾處才點出事實眞相，「我」的形象尤其高大、感人。作者善於設置懸念，結尾出乎意料之外。

其實，做父母應該牢記的內容是那個離家出走的女孩的一段話：「我們一談話，你就只是告訴我應該怎麼做。你讀過所有關於如何處理事情的書，但是長久以來，都是你一個人在說，你從不肯聽我說。你從不肯聽我告訴你我的感覺，好像我的感覺一點也不重要。因爲你是我的母親，你認爲你知道所有的答案。但是有時候，我不需要答案，我只想有人聽我說。」

根據這段話我們可以推斷出，這個女孩的母親平時並不善於傾聽女孩的心聲，這才導致孩子離家出走等一系列後果。父母應傾聽子女的心聲，不然就會產生不良的結果。

吾愛吾師

是誰，帶我看見浩瀚的世界
是誰，給我奮發向上的動力
是誰，教我面對挫折的勇氣
人生的路上，感謝有你，我的老師！

我不想知道小偷是誰

〔英國〕卡門・孔黛文

「老師！」頭枕雙手伏在案前的唐拉法埃爾聽到有人叫他。他抬起頭，趕緊把眼鏡戴上，原來自己身旁站著一個二十來歲的青年。

「什麼事，小伙子？請坐吧！」

「不，謝謝！我不坐了，我不是來拜訪您的。這個，我……」他臉紅得更厲害了，「噢，請您看看，您有沒有少些什麼？不，不會放在口袋裡，也許會擱在桌子上。」

唐拉法埃爾摸著衣袋，正有些不知所措。經他這麼一講才醒悟過來，他慌忙拉開抽屜，不禁叫了起來：「我的錢包！」

他倏地跳起來，一步奔到青年面前。「我的錢包呢？我的錢包不見了！」

「別急，先生。錢包在這裡，我正要還給您呢！」

「在你身上？哦，原來是你偷了我的錢？」但他又慌忙改口，「對不起，我說了什麼呀！該不是你拿走我的錢包吧？要不怎麼還會送還我？要知道這些錢的用途啊！這是我省吃儉用積攢起來……準備送我那患心臟病的孩子上山療養的呀！」

小伙子平靜下來，但臉色蒼白，沉默了半晌才說：「先生，我是個小偷！怎麼？您不相信？是這樣的，昨天下午，在一輛擁擠的電車上，我從一個十四、五歲的小孩身上偷了一個大錢包。裡面有七千六百英鎊和您兒子的來信，另外還有您的幾封信。錢包裡還有一張卡片，那是學生的乘車證。不知道是不是您吩咐他做什麼事而把錢包交給他，還是他自己從抽屜裡拿走的？」

老師沉默著，不知說些什麼才好，他拿起卡片，想看看那上面的姓名，但又突然放下，隨手交給青年，斷然地說：「請您幫我把它撕掉。我不想知道小偷是誰。」小伙子照著他的吩咐把卡片撕得粉碎。老師感激地說：「啊，上帝會報答您的。」說著一把握住了對方的右手。

「可別這麼說。我今天做了一件好事，但我以前做過多少壞事呀！」

還沒等老師明白過來，青年就已悄然離去。

唐拉法埃爾坐在椅子上，久久地注視著錢包，眼前浮現出班上每一個學生的面容。誰會是小偷呢？誰都知道這錢是老師含辛茹苦積蓄起來給兒子治病的。當然，他完全有法子知道誰是小偷，可是，爲什麼要知道呢？沒有這個必要！

他想到了那張撕碎的證件。弄丟的人一定會來補，這樣，小偷豈不自我暴露了嗎？怎麼辦呢？他沉思片刻，便朝外面叫道：「瑪麗亞，到辦公室來一下！」

女兒來到父親跟前。

「這是學生的點名簿和新的乘車證。你把名字塡在上面。該給他們換新的了。」

「舊的要收回吧？」

「不必，讓他們自行處理吧！」

第二天早上八點，唐拉法埃爾已經帶著新的乘車證來到教室。學生們都到齊之後，他開始分發證件。「我女兒輪流叫名，你們來領取新的乘車證，要妥善保管。舊的自行處理，不收回！」大家對這突如其來的決定感到意外，但有些學生卻爲此滿心歡喜。不到一刻鐘，四十張乘車證就發完了。

已經十點了，老師卻什麼也沒做。他既沒有叫學生朗讀課文，也沒有要求他們練字。他雙手平放在講臺上，久久地凝視著學生們。

他臉色蒼白，站起身，然後做個手勢要大家安靜，儘管這純屬多餘。

「孩子們！你們知道我爲什麼今天給你們換乘車證嗎？那是因爲你們之中有人偷了我的錢包！然而這錢包又被別人扒走了。當那個小偷發現這些錢是一個年薪只有八千英鎊的教書先生爲了給兒子治病，而節衣縮食積蓄起來的時候，他的良知發現了。於是，就在昨天下午，他把錢包送了回來。錢包裡還有一張乘車證，那上面寫著名字，只要看一眼就會知道這事是誰做的。但我沒有這樣做。我當場就把它撕毀了！我不願意知道乘車證的主人，儘管他對我無情無義。但是，他應該懂得，我是原諒他的，並要求他改邪歸正，不再重犯。這就是換乘車證的原因。」

他講著講著，竟喉哽語塞，泣不成聲。女兒不得不把學生都打發出教室。這時，他們的眼裡也都噙滿了淚水。

「你也去吧，孩子！讓我自己待著！我要獨自待一會兒！」他摘下眼鏡，獨自待在教室裡。

正當他準備站起來時，忽然聽見一陣朝他而來的腳步聲，緊接著就聽到一個抽泣著的聲音：「老師，是我偷的錢包！對不起，老師！我再也不做壞事了，我以母親的名

義發誓。」

老師伸出雙手迎向他，激動萬分地重複道：「我的孩子，我的好孩子！」由於沒有戴眼鏡，他只看到個模糊的影子，影子後面是四月裡一片迷人的春光。

作者簡介

卡門・孔黛文，英國人，生平不詳。

悅讀分享

這是一篇教室擒賊的故事，情節曲折，高潮迭起。

二十來歲的青年站在唐拉法埃爾的面前，要歸還在電車上從學生身上偷來的錢包。錢包裡除了準備給兒子養病的七千六百英磅和信件外，還有孩子的乘車證。沒想到老師想了一陣子，竟然請那位青年把它撕毀。青年告別後，他要他女兒幫忙發新的乘車證，不要收回舊的，處處爲那位小偷著想。然後他召集學生，邊講邊哭的說明原委，女兒只好要學生離開。在他一個人獨自在教室裡，一個抽泣的孩子進來教室招認了。

在處理過程中，這位精疲力盡、慈祥的老師沒有厲聲訓斥，沒有以各種不當的懲處方式威嚇學生，反而使得整件事情有了圓滿的結果，值得爲人師者細思。最後一句話：「影子後面是四月裡一片迷人的春光。」點出雨過天晴。

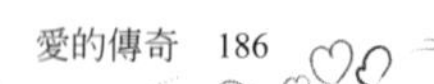

最大的獎勵

〔美國〕 南茜·卡瓦諾

又是一天開始了，一想到下午排得滿滿的課，我就感到頭大。不知什麼緣故，我最近突然對自己所從事的職業失去了往日的熱情。

我打開校內私人信箱，發現裡面有一張便條，上面寫著：「請致電 555-6167，瑪格麗特。」是我不熟悉的名字和電話號碼，不過作爲一名在中學裡教汽車修理的老師，經常會有人打電話拜託我幫忙修理車子。午餐時間，我撥通了那個號碼。

「我想找瑪格麗特。」我說。

「我就是。」電話那頭回答。

「我是卡瓦諾。我今天收到一張便條，叫我打電話給您。」我繼續說，同時在猜想這位女士的車究竟遇上了什麼麻煩。

「哦。很高興您能打電話給我。請允許我占用您幾分鐘時間，有點事想跟您說，您聽了會感興趣的。」

「好吧。」我邊回答邊看錶。只剩下幾分鐘了，得趕快去教室上課。

「我是聖·盧克長老醫院的護士，昨天夜裡下班回家的路上，我的車子突然拋錨了。」

「嗯。」我又看了看錶，有點焦急。

「當時天很晚了，我又是孤身一人，車停在路邊，我在那裡待了幾分鐘，不知怎麼辦……」

我不想讓她覺得我已經有些不耐煩了，但我還是打斷了她的話：「夫人，我抽時間去檢查一下您的車子，好嗎？」

「聽我把話說完。」這位女士回答。

瑪格麗特繼續講她的故事，我則用鉛筆輕輕敲擊著面前的一疊考卷。

「突然，不知從哪兒冒出兩個二十幾歲的小伙子，他們在我後面停了車。我不知道他們要幹什麼，怕極了。」

「他們問我發生了什麼事，還說從車子發出的聲音判斷，他們能幫我解決。於是我把引擎蓋打開了。」

「我坐在車裡面，默默祈禱這兩個傢伙別幹什麼壞事。過了一會兒，他們對我大聲喊，叫我發動車子。簡直不敢相信！車能走了。他倆說車子沒什麼大毛病，但以後有機會最好還是去仔細檢查檢查。」

「您是想讓我檢查一下，看看車有沒有毛病嗎？」我問，不明白對方的眞實意圖是什麼。我要趕著去上課呢。

「噢，不，不需要麻煩您，」這位女士繼續說道，「他倆把車子給修好了，我非常感激，想給他們錢，可是他們說什麼也不要。他們告訴我，他們是您以前的學生。」

「什麼？」我驚訝地問道，「我的學生？他們叫什麼名字？」

「他們不願跟我說。他們只是把您的姓名和地址給了我，要我一定給您打電話。」

令人難以置信！一時間，我竟不知道說什麼才好。在我十幾年的教學生涯中，除了教給學生修理汽車的基本技能外，我也總是跟他們講做人的道理，諸如誠實待人、加倍努力、用知識幫助別人等等，但我從來就不指望自己的學生能聽得進我的說教。

「卡瓦諾先生，您還在聽我說嗎？希望您知道，我是多麼感激……」瑪格麗特說道。

「瑪格麗特夫人，我也希望您知道，我多麼感謝您，感謝您給我打這個電話。」

在去教室的路上，我突然感到自己渾身是勁，好像換了一個人似的。今天我才第一次意識到，自己在課堂上所做的一切並非沒有意義，因爲我的學生做了一件有益於他人的好事。對於一名工作了多年的教師來說，這是遲來的獎勵，也是最大的獎勵。

作者簡介

南茜·卡瓦諾，美國人，生平不詳。

悅讀分享

這篇作品的主人公性格至少擁有下面提到的特點：感情豐富、具有親和力；務實、做事冷靜、有計畫；辦事直爽，待人誠懇。所謂「最大的獎勵」是因爲卡瓦諾先生的學生的善舉而讓他有了自豪感和滿足感，特別是在他覺得默默無聞、年復一年的教育已經讓他失去熱情時，無疑是一注強心劑，讓他充滿了價值感。

學生此舉是對老師的一種回饋，因爲老師除了教給他們技能，更教給他們做人的道理，學生是讓他人轉告老師：對於老師的教誨，他們始終沒有忘記，並且一直這樣做，而且，他們把受益者的感謝回饋給老師，同時也表達了對老師的一種感謝和敬重。

世間許多工作者有如希臘神話中的薛西弗斯，一年到頭都做同樣的工作，難免會覺得倦怠，徒勞無功，文中的老師也是如此。及時的一通電話就像興奮劑，幫受話者打氣，重新評估自己一成不變的工作的價值。此文作者也有同樣的感受。

細節描寫

〔烏克蘭〕謝爾蓋·申卡魯克

教外國文學的女老師瑪利亞·伊萬諾娃·莫斯卡廖娃一臉疲倦地扶了扶眼鏡，仔細地掃視了一遍教室後，說：「佩特連科！對，我就說你呢，佩特連科，你別在桌子底下偷看《花花公子》了。你過來，把雜誌放到桌子上，待會兒我送到校長室。」

「校長已經看完了。」佩特連科說得煞有其事。教室裡一陣哄堂大笑。

「安靜！」瑪利亞·伊萬諾娃嚴肅地說，「這樣吧，佩特連科。你把你的作文讀一遍，讓大家欣賞一下。」

佩特連科慢吞吞地走到講桌前，拿起自己的作業本讀了起來：「作文的題目是〈一個秋天的早晨〉。秋日溫暖的陽光透過那扇 500 美元的窗戶照進了我的房間，灑在 20 美元一平方公尺的雕花地板上。我在一張 600 美元的大床上醒了過來，打開了房間裡那臺 1500 美元的索尼液晶電視。收視費每月200格里夫納（譯注：烏克蘭的貨幣單位）的有線電視正在播放《大家早安》的節目。我喜歡的女主持人戴著一條價格至少3000美元的項鍊正在播報天氣預報。我穿上媽媽從市中心買來的120格里夫納一套的校服，花50格里夫納叫了一輛計程車，往所謂的免費學校駛去。窗外閃過的一棵棵行道樹，好像穿著一件件價值無法判斷的綠色連衣裙……」

「好了！」瑪利亞．伊萬諾娃厲聲打斷了佩特連科，「你現在說說，難道這就是我教你的嗎？」

「對啊，老師，您不是說要注意細節描寫嗎？」

「對！但我從來沒說過讓你描寫什麼東西都值多少錢啊！你們這都是跟誰學的？你們這一代人為什麼把什麼東西都跟錢扯在一起？我們那個時候可不是這樣。我們都有遠大的理想，而不是時刻在計算錢，雖然我們那時候沒有機會在這麼美麗寬敞、充滿現代氣息的校園裡學習……順便說一句，明天別忘了，每人帶200格里夫納來。」

「您能說明一下這是繳什麼錢嗎？」佩特連科問。

「沒問題，」女老師瑪利亞．伊萬諾娃回答，「我當然會詳細告訴大家！拿出計算機，核對一下是不是這個數。教室裝修，油漆每人50格里夫納、壁紙每人100格里夫納……」

作者簡介

謝爾蓋·申卡魯克，烏克蘭人，生平不詳。

悅讀分享

這篇作品頗具師生鬥法的味道。女老師瑪利亞·伊萬諾娃要求作文要多注意細節描寫，頑皮的學生佩特連科就把一篇〈一個秋天的早晨〉寫成報帳式的文字，一下子美金，一下子格里夫納（烏克蘭的貨幣單位），全文盡是銅臭味。老師罵他們欠缺遠大的理想後，順便也報教室裝修油漆、壁紙等不同物品的價格，調侃他們。

溫情滿人間

世界不曾向我們許諾完美，

人生從不向我們保證光明，

但，善的循環、愛的漣漪

讓我們勇於深情擁抱這充滿缺憾的人間！

一雙靴子

〔美國〕查辛

在我的記憶深處，珍藏著一雙靴子，一雙得之於半個世紀以前而今依然完好如初的靴子。它不僅銘刻著一個流浪漢的顛簸之苦，也深藏了一位陌路人的關懷之心。

那是在大蕭條時期的一個冬天，當時二十歲的我已經獨自在外鄉闖蕩一年多，一無所獲的磨難使我心灰意懶，蜷縮在火車的貨車廂裡做著回家的夢。當火車路經一個不知名的小鎮時，我下了車，希望能碰上好運氣，找到一個打工的機會。一陣刺骨的寒風向我傳達了冷冷的敵意，我使勁裹了裹自己的舊外套，但還是被凍得直打顫，尤其糟糕的是腳上那雙半統靴已不堪折磨，像它主人的夢想一樣地破敗了——冰水毫不客氣地滲入了襪子。我暗暗地向自己許個願，要是能攢下買一雙靴子的錢，我就回家！

好不容易找到山邊的一間小木屋，不料裡面早有幾個像我一樣的流浪漢了。同病相憐，他們擠了擠，爲我挪出一個位置。屋裡畢竟比野外暖和多了，只是剛才被凍僵的雙腳此時變得疼痛難挨，使我怎麼也無法入睡。

「你怎麼了？」坐在我身旁的一個陌生人轉過頭來問我。

「我的腳趾凍壞了，」我沒好氣地說，「靴子破了。」

這位陌生人並不在意我的態度，仍然熱情地向我伸出了手：「我叫厄爾，是從堪薩斯的威奇托來的。」之後，他跟我聊起了自己的家鄉、家人，以及自己的流浪經歷。厄爾先生的健談似乎緩解了我身體的不適，我不知不覺間意識迷糊了。

這個小鎮並沒有爲我們留下一份吃的。盤桓數日以後，我又登上了去堪薩斯方向的貨車——厄爾先生也在這趟車上。火車漸漸地駛出洛磯山區，進入了茫無邊際的牧場。天氣也越來越冷了，我只有不停地跺腳取暖。不知什麼時候，厄爾先生已經坐在我身邊。他關切地問我：「你家裡還有什麼人？」我告訴他，家裡還有一個父親和一個妹妹，是個一貧如洗的農家。

厄爾先生安慰我說：「不管怎樣的家也總是個家呀！我看你還是和我一樣回家去吧。」

望著寒星閃爍的夜空，我感到一種從未有過的孤獨。

「要是……要是我能攢點錢，買雙靴子，也許就能夠回家了。」

我正想著家庭的溫暖的時候，發覺腳被什麼東西碰了一下。低頭一看，原來是一隻靴子——厄爾先生的。

「你試試吧，」厄爾說，「你剛才說，只要能有一雙像樣的靴子你就能回家了。喏，我的靴子儘管已經不新，但總還能穿。」他不顧我的謝絕，一定要我穿上。「你就是暫時穿穿也好，待會兒再換過來吧！」

當我把自己冰涼的腳伸進厄爾先生那雙體溫尙存的靴子時，立刻感到一陣暖意，我很快在隆隆的火車聲中睡著了。

等我醒來時，已經是次日凌晨了。我左顧右盼，怎麼也找不到厄爾先生的身影。一位乘客見狀說：「你要尋找那個高個子？他早下車了。」

「可是他的靴子還在我這兒呢！」

「他下車前要我轉告你，他希望這靴子能陪伴你回家去。」

我怎麼也不能相信，世上竟然還有這樣的好人：不是將自己的多餘之物作施捨，而是把自己的必需之物奉獻他人，爲了讓他能有臉回家去！我想像著他一瘸一拐地穿著我的破靴在冰水裡跋涉的情形，不禁熱淚盈眶……

　　這半個多世紀中，我和厄爾先生再也無緣相見，但在我的心中他永遠是我最親密的朋友，而這雙靴子則是我這輩子得到最貴重的禮物。

‖作者簡介‖

查辛，美國人，生平不詳。

悅讀分享

上個世紀三〇年代美國大蕭條時期，許多人爲了掙一口飯，流落他鄉，卻一事無成，一時覺得沒面子回家，繼續在外流浪。文中二十歲的「我」想回家，一年多的折騰已經沒有大志，腳上那雙半統靴破了，襪子被冰水滲入。這時，人生大志打了大折扣，他只想賺到買一雙靴子的錢就回家。在避寒的一間小木屋裡，他巧遇另一個善心的流浪漢厄爾，同樣想回家。在聽了「我」的遭遇後，「同是天涯淪落人」，他先讓「我」試穿自己的靴子，然後趁「我」熟睡時先下車。使「我」十分感慨：「我怎麼也不能相信，世上竟然還有這樣的好人：不是將自己的多餘之物作施捨，而是把自己的必需之物奉獻他人，爲了讓他能有臉回家去！我想像著他一瘸一拐地穿著我的破靴在冰水裡跋涉的情形，不禁熱淚盈眶……」

故事敘述簡潔，內容生動感人，小人物當中依然有不少具備高尚情操、值得仿效的人。

與上帝互換的禮物

〔美國〕迪亞娜・瑞訥

那年，我和孩子們把家安在一個溫暖舒適的拖車房裡，就在華盛頓湖邊的一片林間空地上。隨著感恩節的臨近，一家人的心情也愉快起來。

整個十二月，最小的孩子馬蒂是情緒最高、忙得最樂的一個。這個樂天頑皮的金髮小傢伙有個古怪而有趣的習慣——聽你說話的時候，他總是像小狗似的歪著腦袋仰視你。原因其實很簡單，因爲他的左耳聽不見聲音，但他從未對此抱怨過什麼。

幾週來，我一直在觀察馬蒂，他好像在祕密策劃著什麼。他熱心地疊被子、倒垃圾、擺放桌椅，幫哥哥姐姐準備晚餐。我還看見他默默地積攢著少得可憐的零用錢，一分錢也捨不得花。我猜這十有八九和肯尼有關。

肯尼是馬蒂的朋友，他們在春天認識之後便形影不離。肯尼家和我家隔著一小片牧場，中間有道電籬。他們在牧場捉青蛙、逗小松鼠，還試圖尋找箭頭標記發現寶藏……

我們的日子總是過得拮据，但我盡量讓生活精緻一點。而肯尼家就不一樣了，兩個孩子能吃飽穿暖已屬不易，只是肯尼的母親是個驕傲的女人，相當驕傲，她的家規很嚴。

感恩節前幾天的晚上，我正在做堅果狀的小曲奇餅，馬蒂走過來，愉快而自豪地說：「媽媽，我給肯尼買了一樣禮物，想看看嗎？」原來他一直在策劃的就是這個啊，我暗想。

「他想要這個東西很久了，媽媽。」他把雙手仔細揩乾，從口袋裡掏出一個小盒子。我驚訝地看到了一個袖珍指南針，這可是兒子省下所有的零用錢買下來的！有了這個指南針，八歲的小冒險家就能穿越樹林了。

「眞是件可愛的禮物，馬蒂。」我讚美道。但我知道肯尼的媽媽是怎樣看待自己的貧窮的。他們幾乎沒有錢來互贈禮物，更不用說送禮物給別人了。我敢肯定這位驕傲的母親不會允許兒子接受一份她無力回贈的禮物。

我小心地向馬蒂解釋這個問題，他立刻明白我在說什麼。「我懂，媽媽。我懂。不過，假如這是個祕密呢？假如他們永遠不知道是誰送的呢？」我不知道該怎麼回答他。

感恩節前一天是個陰冷的雨天。我從窗戶望出去，感到莫名的憂傷。這樣一個下雨的節前夜晚是多麼乏味啊！

我收回目光，轉身檢查烤爐時，看見馬蒂溜出了房門。他在睡衣外披了件外套，手裡緊握著那個精美的小盒子。他走過溼漉漉的草場，敏捷地鑽過電籬，穿過肯尼家的院子。踮著腳尖走上房子的臺階，輕輕把紗門打開一點點，把禮物放了進去。然後他深吸一口氣，用力按了一下門鈴，轉身就跑。他狂奔出院子，突然，他猛地撞上了電籬！馬蒂被電擊倒在溼地上，他渾身刺痛，大口喘著氣。稍後，他慢慢地爬起來，拖著癱軟的身體迷迷糊糊地走回了家。

「馬蒂！」當他跌跌撞撞地進門時，我們都叫了起來。他嘴脣顫抖，淚眼盈盈：「我忘了那道電籬，被擊倒了！」

我把渾身泥水的小傢伙摟進懷裡。他的臉上有一道紅印，從嘴角直通到左耳。我趕緊爲他處理了燙傷。安頓他上床時，他抬頭看著我說：「媽媽，肯尼沒看見我，我確定他沒看見我。」

那個夜晚，我是帶著不快與困惑的心情上床休息的。我不明白爲什麼一個小男孩在履行感恩節最純潔的使命時，卻發生了這樣殘酷的事。他在做上帝希望所有人都能做的事——給予他人，而且是默默給予。

然而，我錯了。

早上，雨過天晴，陽光燦爛。馬蒂臉上的印痕很紅，但看得出灼傷並不嚴重。不出所料，肯尼來敲門了。他急切地把指南針拿給馬蒂看，激動地講述著禮物從天而降的經過。馬蒂只是一邊聽，一邊不住地笑著。當兩個孩子比畫著說話時，我注意到馬蒂沒有像往常那樣歪著腦袋，他似乎在用兩隻耳朵聽。幾週後，醫生的檢查報告出來了，證明了我們已經知曉的事實——馬蒂的左耳恢復聽力了！

馬蒂是如何恢復聽力的，從醫學的角度看仍然是一個謎；當然，醫生猜測和電擊有關。不管怎樣，在那個下雨的夜晚發生了一個不折不扣的生命奇蹟，而我會永遠感激上帝與孩子交換的神奇禮物……

作者簡介

迪亞娜・瑞訥，美國人，生平不詳。

悅讀分享

如果要説這篇作品有何種深刻的意涵，「默默給予並奉獻，終究會有回報」應該是再恰當不過了。文中重心在於描述馬蒂如何策劃禮物、積累零錢、買到禮物和恢復聽力的經過。

作者刻畫細膩，例如他先描寫環境，並交代事情發生的時間及天氣情況；爲下面寫馬蒂撞上電籬的經過做鋪墊。在動作描寫方面，作者生動寫出馬蒂動作敏捷小心，不驚動肯尼，表現了他默默給予的品德，同時突顯馬蒂的善良、有愛心、重情誼、尊重朋友、默默給予不求回報。

至於小説在情節安排上的特點，可以説作者先設置懸念：馬蒂爲什麼要積攢零用錢？馬蒂將以什麼方式送出這份禮物？其作用在於使情節波瀾起伏，吸引讀者閱讀興趣，例如埋下伏筆，告知讀者肯尼家和「我」家隔著一小片牧場，中間有條電籬，使文章前後照應，結構完整。整篇圍繞「愛可以創造奇蹟」這個永恆的主軸。

伏天的罪孽

〔美國〕 海沃德

「大熱天，眞是沒事找事。」商場偵探亨利嘀咕著，他的制服已被汗水溼得精透，一位臉型尖瘦的婦女正對他高聲訴說著什麼。

眞是，丟掉的錢既然已經找到了，就算了啦！但她卻不善罷甘休，彷彿站在桌前的這個小男孩是個危險的罪犯。

亨利思忖著，是的，十塊錢對大人也是不小的誘惑，何況對這個穿得破破爛爛的孩子？「沒錯，我沒親眼看到他偷錢。」那位太太嘮叨著，「我買了一樣東西，又要去看另一件貨，就把十塊錢放到櫃檯上。剛離開幾分鐘，錢就跑到這個小賊的手上了。」

亨利這才發現桌角那邊還有個小女孩。她正用藍藍的大眼睛靜靜地看著他。「是你拿走錢的嗎？」亨利問男孩。

男孩緊閉著雙脣，點了點頭。

「你幾歲了？」

「八歲。」

「你妹妹呢？」

男孩低頭望著他的小伙伴：「三歲。」

在這大伏天裡，孩子也許只是想拿它去換點霜淇淋，但這位太太卻咬定孩子是竊賊，非要懲罰他們不可。亨利不由得心疼起這兩個孩子來了。「讓我們去看看現場吧！」

男孩緊緊拉著小女孩的手，跟著大人向前走去。

櫃檯後面一臺風扇吹來的風使亨利覺得涼爽些了。「錢在哪放著？」

「就在這。」太太把十塊錢放在櫃檯上售貨記帳本的旁邊。

亨利打量了一下小女孩，掏出幾塊糖來。「愛吃糖嗎？」女孩眨了一下大眼睛，點了點頭。亨利把糖放在錢上面：「來，夠著了就給你吃。」小女孩踮起腳尖，竭力伸長小手，但還是搆不著。

亨利把糖拿給小女孩。

太太一邊嚷起來：「我不跟你爭辯。難道他們可以逃脫罪責嗎？帶我去見你的老闆……」

亨利沒理會，他正注視著那十塊鈔票，櫃檯後面的風扇吹著它，它開始滑動，滑動，終於從櫃檯上飄落下來。

錢落在離兩個孩子幾尺遠的地方。女孩看到錢，便彎腰撿起來遞給哥哥，男孩毫不躊躇地把錢交給了亨利。「原先那錢也是你妹妹給你的，對嗎？」

男孩點了點頭，眼裡湧出委屈的淚水。

「你知道錢是從哪來的嗎？」男孩使勁搖著頭，終於大聲哭了出來。

「那你爲什麼要承認是你偷的呢？」男孩淚眼模糊：「她……她是我妹妹，她從不會偷東西……」

亨利瞟了一眼那位太太，只見她把頭低了下來。

作者簡介

海沃德，美國人，生平不詳。

悅讀分享

從故事一開始，讀者就可看出作者在批判「把雞毛當令箭」的婦人。幸好那位商場偵探明察秋毫，幫這對小兄妹解了圍。

讀者都會被文中那位八歲的小哥哥對妹妹的愛所感動。一個八歲的小男孩爲了使三歲的妹妹——一個對社會善惡毫無認識的小女孩，不要落入子虛烏有、莫名其妙的偷竊罪名，十分勇敢的、違心的接受對他來說非常恐怖的懲罰。文中的尖刻婦人讓人深惡痛絕。希望我們都常有一顆寬容、眞誠、仁慈的心，減少這世界的種種罪孽。畢竟在這慌亂的世界裡，人生最需要的是各種不同的眞愛。

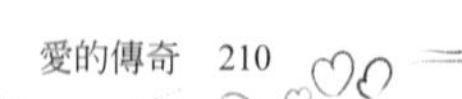

最暖心的事

〔美國〕 鮑勃．布勞頓

十年前，我從德克薩斯州的鄉村來到紐約開計程車謀生。開計程車會碰到形形色色的人，有的人幽默詼諧，有的人失意憂鬱，還有的人自命不凡。但讓我印象最深的莫過於一個老太太。

那是今年五月第二個星期日的深夜，我接到城郊一個叫車的電話。我想，也許是一些參加完晚會的人，或是某個剛趕到這個城市過母親節的人。

我到達目的地時是三點三十分。一棟破敗的公寓灰撲撲地立在我眼前，只有一樓有一個房間透出一點燈光。這種情況下，大多數司機頂多只會按一兩聲喇叭，稍等片刻，然後開車走人。因爲在這個時間地點，時常會出現治安問題。然而，我也知道這個時間在這樣的地方叫車不易，再說也許這個客人有點困難需要我幫一幫呢。於是，我走到亮燈的那戶人家敲了敲門。

「請等一會兒。」回答我的是一個蒼老虛弱的聲音。我聽到屋內有什麼東西在地上拖動。隔了好久，門開了，一位個子瘦小、年約八十多歲的老太太吃力地拖著一個行李走了出來。她身穿一件印第安大花布上衣，頭戴一頂鐘形帽，帽子上還罩了一條面紗，活脫脫是從上世紀四〇年代好萊塢電影裡走出的人物。

「你能幫我拎一下行李嗎？」她說。我先將她的行李拎上車子，然後又回頭攙扶她。她走得很慢，邊走邊對我感謝不盡。

「這沒什麼，」我說，「我是爲我的客人服務。再說，我也希望我媽媽在外面能得到同樣的服務。」

「你眞是一個好人。」她說。進了車子，她給我一個地址，問：「能不能從城裡走？我很想再看看這座城市……」

「能，不過這就不是最近的路了。」我答道。

「這不要緊，」她說，「我不急。我是菲奧娜小姐，不過人們都叫我菲奧娜太太。我要去聖洛安養老院。」

我從後視鏡中看了她一眼。菲奧娜太太的眼窩裡有一滴亮晶晶的東西。「我孤寡一人，」她繼續說道，「醫生說，我剩下的時間不多了。不然我不會去的。」

我悄悄地伸手關掉了計程表。經過城裡的路程一刻鐘就能走完，然而我們卻花了足足有兩個多小時，因爲她一會兒讓我慢行，一會兒讓我停車，還不時地講著話。菲奧娜太太指著一座大樓，告訴我她曾在這兒當過電梯操作員的工作。在經過一個居住區時，她說她和丈夫結婚的新房就是在這裡。她要我將車子在一個商場前停一會兒，她說這裡曾是個舞廳，年輕時她在舞廳當過舞蹈指導老師。有時，她會讓我在某一個地方放慢速度，然後默默凝視前方，一句話也不說。

當第一縷陽光露出地平線的時候，菲奧娜太太這才說：「我累了。走吧！」

車子來到她要去的聖洛安養老院前。養老院的兩個工作人員正在等我們，工作人員說，「這位老太太一直不肯來養老院，現在她患了肺癌，才同意來養老院，而且必須在今年的母親節來養老院。」工作人員說著幫她推來了輪椅。

「我應該付給你多少錢？」菲奧娜太太取出錢包問我。

「不要錢。」我答道。

「你也要養家。」菲奧娜說。

「還有其他客人呢！」我說，接著幾乎是不假思索地彎下腰擁抱了她。她緊緊地抱住我。「你給了一個老太太一小段快樂的時光，」她說，「謝謝你。」

我最後握了一握她的手，然後走向黯淡的晨曦。我的身後響起了關門聲。這是一個即將結束的生命發出的聲音。一路上，我在想，如果今天帶菲奧娜太太的是一個脾氣急躁又沒耐心的司機，如果我在公寓前按一兩聲喇叭後就把車開走，又會是怎樣一種情形呢？

我做的這件事似乎微不足道，但是現在想起來，卻是我一生中最暖心的一件事。生活中，我們往往千辛萬苦只為做成一件暖心的事。然而，有時候我們做成了一件很了不起的暖心事，自己卻毫無察覺，這是因為它裹在一個我們認為微不足道的小事情裡面。

作者簡介

鮑勃·布勞頓，美國人，生平不詳。

悅讀分享

故事並不複雜。文中的「我」在母親節深夜送一個即將告別生命的老人到養老院時，滿足她的每一個願望，送她到她想去的任何地方，最後到達目的地，不收她的計程車費，還給了她一個擁抱，她感到很快樂，「我」也覺得溫暖。

作者對老太太的外貌、神態作了細緻描寫，寫老太太穿戴過時衣著，以及沉浸在對過去美好時光「默默凝視」的神態，形象生動地表現了老太太熱愛生活、愛美，對年輕時代美好生活的眷念，表達了作者對老太太的憐憫、欣賞和愛心。

文中的「我」是一個善良、體貼、細心，有耐心和愛心的人。他選擇的是常人的生活態度：「……有時候我們做成了一件很了不起的暖心事，自己卻毫無察覺，這是因爲它裹在一個我們認爲微不足道的小事情裡面。」

一張生日支票

凱薩琳．迪克森

二十世紀五〇年代，一些地方銀行常常把支票簿送給那些過去不是顧客的人，以刺激新的業務。那時我八歲，剛學會寫字，對自己的拼寫能力覺得很驕傲，因此，我就懇求父母給我一些空白支票。

在我們家裡，一些特殊的場合意味著可從父母、兄弟姐妹和朋友們那裡獲得禮物，但是從其他人那裡獲得的則是卡片和錢。零星的 1 美元、5 美元或者 20 美元硬幣，意味著「我愛你」。於是，利用這些支票道具，我也做了相同的事情。我把自製的卡片塗上濃濃的色彩，畫上絢麗的鮮花，寫上一首詩或者散文，裡面則是一張仿造的支票，我在支票上寫上適當的數字，以表達我對卡片受贈者的愛。對於我的兄弟們，支票上塡寫的是 1 美元；給父母的則是數千美元；而送給愛德華叔叔的則是一百萬美元。

1958 年 7 月的一個星期天，我們爲愛德華叔叔舉辦了一次慶生晚宴。他打開我送給他自製的生日卡片，看了裡面的賀詞，然後看夾在裡面的那張支票。他對著那張支票看了良久，然後，他抬起頭來，從餐桌對面向我微笑，他爲我的卡片和支票向我道謝。然後，他從褲子後面的口袋裡掏出皮夾，把支票折起來塞進皮夾裡說：「我要一直保留著，等我需要的時候再拿出來用。」

三十五年後的某天清早，我坐在同一張餐桌前，接受著同樣的微笑——也許是最後一次，喝著咖啡。我的叔叔就快被癌魔奪去生命了。放療和化療都已經做過了，但都沒有成功。我坐在那裡和他談論著過去許多個美好的日子，但是在內心深處，我知道這次拜訪很可能就是永別了。

他放下手中的咖啡杯，把手伸進褲子後面的口袋裡，掏出皮夾，從裡面拿出一張淺藍色的半折著的紙，遞給我說：「還記得這個嗎？」是那張一百萬美元的生日支票。他一直把它帶在身邊，在過去的三十五年中，把它從舊皮夾換到新皮夾裡。

「你從來沒有試著把它兌現嗎？」我開玩笑地說。

「我從來沒有需要用到它，」他說，「我保留它只是因爲我還需要它。」他再一次把它放在皮夾裡儲藏起來。

那天下午我離開他的時候，像往常一樣和他道別。只是那是最後一次擁抱，最後一次親吻，最後一次說再見。四天之後，他離開了我們。

葬禮之後不久的一天，我下班回到家裡，發現餐桌上有一個寄給我的包裹，是我的嬸嬸寄來的。裡面有一張簡短的便條，筆跡是愛德華叔叔的：「我不再需要這個了，我想你可能想收回去。愛你的愛德華叔叔」小包裹裡頭裝的是那張用畫框裱好的一百萬美元的支票。謝謝你，愛德華叔叔，因爲你讓我的一百萬美元的愛伴隨了你的一生，直至永遠。

作者簡介

凱薩琳・迪克森，生平不詳。

悅讀分享

故事很簡單。「我」在幼年時給自己最喜愛的愛德華叔叔開了一張永遠不會兌現的百萬美元支票。三十五年後，叔叔得了癌症，即將離世。兩人喝了最後一次咖啡，談及往事，十分溫馨。叔叔過世後，物歸原主，作者十分感激。故事內容敘述了一件家人平常日子互動的往事，沒有煽情的情節，但傳達的卻是無窮無盡的愛。

一件婚紗裙

〔俄國〕A·凱西莫夫

這是戰爭年代裡我所經歷的事，每每回想起來都令我激動不已，使我更加熱愛周圍的人們，珍惜今天的生活。

長時間的戰爭使越來越多的人陷於貧困，我家也是一樣。終於有一天，一直極力抑制和隱瞞自己絕望心境的媽媽，嘆著氣說：「孩子，我們再也不能沒有麵包而僅靠乾果生活了。」

每一天，戰爭都帶來許多可怕的不幸和痛苦，許許多多的家庭都失去家庭生活的支柱。我的姐姐斯卡納和我正是在沒有父親的情況下長大的。自然，所有生活的負擔也就完全落到我的媽媽——一個年輕寡婦的身上。

在似乎回想什麼的時候，媽媽想出了一個辦法。「我那件婚紗裙——我結婚的紀念，生活中最幸福日子的紀念。好了，它能做什麼用呢？孩子……」她堅持把長裙給我，讓我同姐姐到一個叫諾日斯罕的地方去換糧食。

這時，我感到非常惶然和困惑，不知對她說些什麼。我原想緊緊地擁抱和親吻母親，但是，看她那樣失聲慟哭，令我震驚不已。她對我說，在我出發前不准哭泣。我要盡量像一個大人那樣，保持著鎮靜。

媽媽相信，只要她拿一杯水灑在我們走後的路上，就能給我們帶來好運。

「祝你們一路順風。斯卡納，我懇求你，一定要照顧好你的弟弟。」母親哽咽道，「把婚紗裙換成你們可以換成的任何東西。」

「換成你們可以換的任何東西」，這意味著如果不能換到糧食，我們就不可以回家。

出了諾日斯罕車站，姐姐和我走去離車站最近的村莊。在那裡，我們遇到一位善良和藹的婦女，並去了她的家。

斯卡納拿出包裹，然後說：「這就是我們帶來的東西，也許您會喜歡它，我們必須把它換成糧食。」

「噢，它太精緻漂亮了。」房主一邊說，一邊仔細地翻看著婚紗裙，「老實告訴我，它被穿過嗎？它的主人在哪兒？」

她不停地把婚紗裙在兩手之間翻來倒去，眼睛一刻也沒有離開它，並自語道：「如果允許的話，我想試穿一下，看它是否合身。」

這位婦女一穿上它，整個屋子看起來頓增光彩，就像一個漂亮的新娘穿著專門爲她縫製的結婚禮服走進房間一樣。

我努力去想像我媽媽做新娘時的情景，這件婚紗裙穿在我媽媽身上時會這樣光彩照人、這樣的合身嗎？想必當年媽媽試穿它時，也這樣站在鏡子的前面，滿懷幸福地欣賞自己。我還想到，我將把它保存下來，讓它像原來這樣嶄新、雅致，在我兒子結婚時，我會向他講述這件凝結著長輩深情的婚紗裙的經歷，然後，按照傳統，我將把它交到我的兒媳婦手中……

這時，那位婦人打斷了我的思緒。她說：「孩子，我可以給你一袋大麥、玉米和小米。」

斯卡納和我同意了。這位婦人從廚房拿出一個厚實的平底盒子遞給我。我把盒子中的糧食分成兩半，把一半裝進了布袋，看到這個情形，斯卡納笑了。

火車很快就要到了，我們不得不離開。於是，我們扛起我們的東西，與熱情的女主人眞誠道別。

離開女主人的房子不遠，我們聽到了女主人顫抖、不安的聲音：「親愛的，等一等，別走！」

我非常恐慌，擔心她是否已經改變了主意。

她走到我們身邊，急切地說：「孩子，說句心裡話，請你們拿著這件婚紗裙連同糧食回家吧。告訴你們的媽媽，在諾日斯罕你們也有個媽媽，這是她送的禮物。如果這裡能夠和平，我的丈夫和兒子能從戰場上平安地歸來，我寧願變得窮一點。」

我幾乎要放聲大哭了，斯卡納也非常感動。於是，她用帶著顫抖的聲音說：「祝你們好運，願你們所有的期望都會實現。」

婦人緊緊地擁抱和親吻我們……

向她道別後，我們急匆匆向車站趕去，一路上談論著這個善良的鄉村婦人。

作者簡介

A·凱西莫夫，俄國人，生平不詳。

悅讀分享

在戰亂年代，鬧饑荒是十分普遍的事。故事中失去丈夫的年輕寡婦，在求助無門的狀況下，只好拿出有紀念性的婚紗裙，要求自己的一對兒女去諾日斯罕換取糧食。

幸好兩個小孩遇到心地善良的婦人。她試穿後非常喜歡，願意用一袋大麥、玉米和小米換那條裙子。在歸途中，那位婦人又追來，姐弟嚇壞了，以爲她反悔。沒想到她要他們把那件婚紗裙和糧食一起帶回家。她願意當他們另一個媽媽，糧食是禮物。接著她說了她極爲卑微的懇求：「孩子，說句心裡話，請你們拿著這件婚紗裙連同糧食回家吧。告訴你們的媽媽，在諾日斯罕你們也有個媽媽，這是她送的禮物。如果這裡能夠和平，我的丈夫和兒子能從戰場上平安地歸來，我寧願變得窮一點。」

實際上，她說的話是小老百姓共同的心聲。許多政客操弄所謂的「民族大義」，發動戰爭，致使自己的國民流離失所。這篇作品雖然沒有直接表明反戰態度，但細讀後，仍舊可以感受它的另一層意涵。

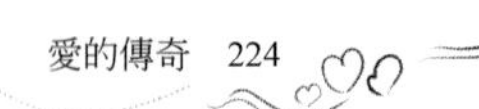

藍色的連衫裙

〔俄國〕 蘇霍姆林斯

1909年的春天來到了俄亥俄州的克利夫蘭城，可是，它沒能給蓋特街帶來新面貌。臨近的那些漂亮街道上的住戶們都已忙開了：清理已閒置一整個冬天的小園子，油漆粉刷房屋，爲夏天準備好剪草機……。不過蓋特街卻仍是老樣子——又髒又亂。

蓋特街是條小街，但走過這條街的人都嫌它太長了。當然，住在這兒的人都沒多少錢，窮人的要求一向是不多的。

他們有時能找到一點差事做做，有時爲找工作而奔波。他們的屋子已經多年沒有油漆粉刷了，院子裡連自來水也沒有，蓋特街的住戶只好到街角的水栓那兒去提水。街上的景象當然好不了——沒有人行道，沒有路燈，街道一頭的鐵路線給這兒增添了更多的嘈雜聲和塵土。

春天來了，別的街上去學校讀書的小姑娘們都已穿上漂亮的新衣裳。但是，這個蓋特街來的小姑娘還是穿著那件她已穿了一冬的髒罩衫，也許，她只有這一身衣服吧？

她的老師深深地嘆了一口氣：多好的小姑娘啊！她學習起來可真用功，她懂禮貌，見了人總是笑咪咪的。可惜，她的臉從來也不洗，還有一頭蓬亂的頭髮。

一天，老師對這個小姑娘說：「明天你來上學以前，請你為我洗洗你自己的臉，好嗎？」老師看得出，她是個漂亮的小姑娘。

第二天，漂亮的小姑娘洗乾淨了臉，還把頭髮梳得整整齊齊。放學時，老師又對她說：「好孩子，讓媽媽幫你洗洗衣服吧！」

可是，小姑娘還是每天穿著那身髒衣服來上學。「她的媽媽可能不喜歡她？」老師想。

於是老師去買了一件美麗的藍色連衫裙，送給了小姑娘，孩子接過這禮物，又驚又喜，她飛快地向家裡跑去。

第二天，小姑娘穿著那件美麗的衣服來上學了，她又乾淨又整齊，興高采烈地對老師說：「我媽媽看我穿上這身新衣服，嘴巴都張大了。爸爸出門去找工作了，可是沒關係，吃晚飯時他會看到我的。」

做爸爸的看到穿著新衣衫的女兒時，不禁暗自說，眞沒想到，我的女兒竟這麼漂亮！當全家人坐下吃飯時，他又吃了一驚：桌子上鋪了桌布！家裡的飯桌上從來沒用過桌布。他不禁問：「這是爲什麼？」

「我們要整潔起來了！」他的妻子說，「又髒又亂的屋子對我們這個乾淨漂亮的小寶貝來說，可不是個好事。」

晚飯後，媽媽開始擦洗地板，爸爸站在一旁看了一會兒，不聲不響地拿起工具，到後院去修理院子的柵欄去了。第二天晚上，全家人開始在院子裡開闢一個小花園。

第二個星期，鄰居開始注意到小姑娘家的活動，接著，鄰居也開始粉刷油漆自己那十多年未曾動過的房屋了。這兩家人的活動引起了更多人的注意，於是，有人向政府、教會和學校呼籲：應該幫助這條沒有人行道、沒有自來水的街上的居民，他們的境況這樣糟，可是他們仍然在盡力創造一個美好的環境。

幾個月後，蓋特街簡直變得讓人認不出了。修了人行道，安上了路燈，院子裡接上了自來水。小姑娘穿上新衣服的六個月後，蓋特街已經是住著友好、可敬的人們的整潔街道了。

得知蓋特街變化的人們稱這叫「蓋特街的整潔化」，這個奇蹟越傳越遠。其他城市的人們聽到這個故事，也開始組織他們自己的「整潔化」運動，到 1913 年，有上千個美國城鎮組織了修理、油漆房屋的活動。

當一個老師送給一個小女孩一件藍色的新衣裳時，誰能料到會引起什麼奇蹟呢！

作者簡介

蘇霍姆林斯，俄國人，生平不詳。

悅讀分享

我們曾經聽聞或目睹某些環境或態度的轉變，這些轉變並非人們共同的默契促成的，它們往往需要某個先知型人物或熱心者來發動，然後就有無數的後知後覺者追隨。這時候，憑著眾志成城的道理，自然水到渠成。這篇故事所敘述的生活環境的變遷亦是如此。

故事中的老師用心良苦，採取漸進的方式。他先要求故事中的小姑娘洗臉梳髮，但衣服卻沒換洗。他幫她買了一套美麗的藍色連衫裙，從此就改變了整個社區。人行道修了，路燈安上了，自來水接上了。這種社區整潔化活動甚至成爲全國性的活動。一個人的關愛行動有時候確實會變成某種改變的主力。

半個世紀的約定

〔美國〕 凱利・馬斯汀

那是 1940 年的冬天，在埃及的西迪巴拉尼小鎮，義、英之間有一場著名的戰役。當英軍占領了整個陣地，西面切斷地中海沿線的公路時，義軍便兵敗如山倒了。勝利的英軍正忙於清點數量龐大的戰俘的時候，一個名叫約瑟夫的英軍炊事班的小伙夫，正像往常一樣前往駐地倉庫準備食物。就在推開倉庫大門的一剎那，約瑟夫看到在蔬菜架的後面有一個黑影艱難地躲閃了一下，然後就不動了。

走近之後，約瑟夫才發現那黑影是個穿著義軍軍服的少年，因爲傷勢嚴重和剛才的驚嚇，已近昏迷。那一刻，約瑟夫十分猶豫，很顯然，躺在自己面前的是敵軍的一分子，理應報告上級，但這少年也將必死無疑。隨著時間的推移，一種深深的憐憫油然而生，約瑟夫決定把這個少年先藏起來再說。

約瑟夫偷偷找來一些牛肉，熬製了一小鍋濃湯餵那少年喝下。也許是年齡相近，再加上都會一點法語，他們倆漸漸熟悉起來。少年名叫艾維尼，來自義大利北部的伊夫尼亞鎮，剛滿十七歲就被迫參軍作戰，與他相依為命的父親也被人殺害了。艾維尼對約瑟夫說：「你知道嗎，就在我覺得自己快死的那一刻，你餵我喝了一勺牛肉湯，那種又香又暖的感覺一下子把我拉了回來，讓我想起了家鄉，想起了父親。」

在約瑟夫的幫助下，艾維尼在小鎮的硝煙中藏了整整十四天。當駐軍離開時，約瑟夫與艾維尼互留了家鄉地址，他們相約如果能活到和平到來的那一天，一定互相走訪，再敘友誼。

戰爭結束後，約瑟夫回到了故鄉，發現親人早已離散，於是動身前往義大利尋找艾維尼。而在伊夫尼亞鎮，他被告知艾維尼早已戰死沙場。落寂中的約瑟夫突然做了一個決定，他要留在這個小鎮上，以賣牛肉湯為生。

轉眼半個世紀過去了，約瑟夫攜妻子回到英國故鄉。在鎮上最好的餐館裡用餐時，一位老人推著輪椅來到他桌邊，輕輕地問：「您是在地人嗎？您可參加過二戰中的西迪巴拉尼戰役？」約瑟夫有些不解地說：「的確是這樣，不過您是怎麼知道的呢？」那老人顯得有些激動了：「您曾在那個埃及小鎮上遇到過一個名叫艾維尼的義大利少年嗎？」約瑟夫驚訝得一下子站了起來：「難道您是……」老人點點頭喃喃地說：「五十多年了，我逃出西迪巴拉尼的路上被一顆炮彈炸斷了雙腿。搶救我的醫務人員只在我身上找到寫著你家鄉地址的字條，所以當我再一次逃離死神後，發現自己已經被送到這裡了。我想這可能是上帝的安排吧，就留在這裡開了一家餐館，賣你曾經用來救我的牛肉湯。每一個前來用餐的客人都會被要求簽名，而每一個與你同名的客人我都會親自詢問，這一問，居然就過了五十年……」

一年後，約瑟夫和艾維尼一起在當年患難相交的埃及小鎮開了一家牛肉湯餐館，用這平凡溫暖的食物來紀念他們跨越了半個世紀的友情，以及穿越了殘酷戰火硝煙的溫暖人性。

作者簡介

凱利．馬斯汀，美國人，生平不詳。

悅讀分享

兩個陌生的年輕人在二次大戰的戰場上見面，有惻隱之心的一位救了受傷的另一位。半世紀的尋尋覓覓使得兩人易位，雙方都因神的安排，出現在對方的家 ，本來是英軍的約瑟夫終於返鄉，與他五十年前救助的義大利少年艾維尼重逢。

半個世紀以來，雙方都用心尋找對方，但天不從人願，一再磋砣，還好有機會重逢，完成心願。簡單的故事，但其中卻留下寬廣的思考空間。

西瓜熟了

〔美國〕 波爾頓．迪爾

十五歲那年，我們全家搬到鄉下去了。到了第二年夏天，附近的玩伴對我仍然不信任，連交情較好的弗萊德和裘德也常白眼相對，或許因爲我是城裡人的緣故。

我的鄰居有個女孩叫維拉迪，我們每天見面頂多問個早安，因爲我們都怕見到她爸爸那凶神惡煞的樣子。

她爸爸威爾斯個頭很大，眼睛射出的目光陰森可怕，令人膽寒，哪怕只是瞟你一眼，也會使你全身發怵。但有一點，他是這一帶婦孺皆知的種瓜高手。他犁起地來，那吆喝聲如雷貫耳，一里之外也能聽見。他在牲口棚後面的沙地裡全種上西瓜，一個個滾圓滴溜的西瓜竟然乖順的從地下接二連三的蹦了出來。

在別人看來，西瓜被鱉什麼的偷吃幾口，或者被孩子們摘去幾個算不了什麼；趁人不注意，溜進瓜地，「借」上幾個嘗嘗，也不爲「竊」。

威爾斯先生卻不同，你要是無意中走近他的瓜地，他定會睜大圓鼓鼓的雙眼，死死地盯著你的一舉一動。

這年夏天，威爾斯的瓜地裡長出了一個罕見的大西瓜。他聲稱這瓜是留種的，還說要用這瓜的籽兒，來年再種它一大塊地。

要是能把這大西瓜偷來就好了！我和弗萊德、裘德嘀咕著，盤算著。可是談何容易！要是被威爾斯看到，發起火來，可有的受了。每到晚上，他都坐在牲口棚堆草的閣樓上「嚴陣以待」呢！

我們坐在門廊前乘涼，每每看到他在閣樓上的窗前佇立的身影，一種莫名的緊張和煩躁的感覺就會油然而生。

「瞧他那模樣，」爸爸總是這樣評論，「誰要是想偷瓜，看了這個樣子也會嚇死。」

一天晚上，月亮又圓又亮的。弗萊德和裘德邀我到小河去游泳。皎潔的月光照得大地如同白晝，一切在月光下都變得溫情脈脈。這靜謐的月夜使人彷彿覺得，此時此刻世界上沒有做不到的事情，哪怕約維拉迪出來幽會，她也不會拒絕。

小河的水冰涼刺骨，我們在水裡玩了一陣子，身子漸漸熱起來，我們爬上岸準備歇一會兒。月亮又悄悄地爬高了一點。

弗萊德說：「威爾斯這老傢伙今晚可不用擔心他的西瓜了，瞧這月光，把大地照得通明雪亮的。」

「他才不會那麼傻。」裘德糾正道，「我來的時候，看見他在閣樓上呢！他的瓜就像放進了國家銀行，保險得很咧！」

我倏地站起：「我才不信那個邪！我現在就去把它摘來。你們等著瞧吧！」

他們彷彿不認識我似的看著我，半天沒吭聲。我也沉默了。直到現在，我也不知道當時怎麼會鬼使神差地說出這番話來。

「再考慮考慮吧。」裘德有些猶豫，「從這兒到西瓜地足有兩百碼遠呢！」

「沒錯，」弗萊德也膽怯起來，「最好另找一天，等沒有月亮的時候。」

「黑麻麻地幹，算什麼本事？」我執拗地說，「我就是要從他的鼻子底下把瓜摘走，今晚就幹！」

說完我率先順著河岸走去。此時再改變主意也來不及了。當然，我也不想改變主意。到了瓜地對面，我們撥開柳條，朝牲口棚望去，威爾斯的身影立刻映入眼簾。

「你不會得手的。」裘德下了斷言，「沒等你走出六步，他就會發現你的。」

「我不會那麼蠢，大搖大擺地走過去。」我反駁道。

我鑽出了柳樹林，趴平了身子，匍匐前進，身旁的草叢發出窸窸窣窣的響聲。爬了幾步，抬頭警惕地向牲口棚方向瞭望。沒有什麼動靜。忽然聽到身旁叭唧叭唧的聲音，嚇了一跳。定眼一瞧，原來是一隻鱉在啃嚙小西瓜。

這段路顯得那樣漫長。每移動一步，總覺得威爾斯先生已經發現了我。不知過了多長時間，才爬到大西瓜面前。

看著那碩大無朋、被月光映得深綠深綠的西瓜，我呼吸急促起來。我靜靜地躺了一會兒，喘著粗氣，濃鬱的泥土氣息、瓜蔓的黴澀味直撲鼻而來。我心裡不由得納悶著，我這是在幹啥？

管他呢！我一不做二不休，用手抱住西瓜，弄斷了瓜蒂，又瞅了瞅牲口棚——沒事！

我推著西瓜，原路返回。西瓜沉得很，我一步一步蠕動著，推著，心裡越來越緊張。時間怎麼過得這麼慢？彷彿過了一個世紀！我使盡最後一點力氣，把瓜推進了柳樹林。

伙伴們一把拽住我，「嘿！眞有你的。」

「快把西瓜抬走！」我急忙吩咐。

裘德和弗萊德一人抬一頭，我扶著瓜身，趔趄著，搖晃著，好幾次差點把瓜掉在地上。我們費盡九牛二虎之力才把瓜運到游泳時供歇息的窪地，一屁股坐在地上，上氣不接下氣。弗萊德拍了拍大西瓜，欣喜地說：「哈！到底給弄到手了。」

「我說，趁現在四周沒人，破開吃了！」裘德建議說。

「別忙，」我鄭重其事地說，「這可是老威爾斯留的種瓜，要慎重對待。還是由我來開吧！」

小刀「噗！」的一聲戳進了厚厚的瓜皮。西瓜啪啦啪啦地從中裂開。水淋淋的瓜瓤在月光下熠熠發光。我用手指掰下了一大塊，咬上一口，美滋滋地閉上雙眼，只覺得瓜汁涓涓地沁入喉管，味道甘美、香甜。

弗萊德和裘德還眼巴巴地望著我呢。「你們也吃吧！」我說。

我們敞開肚皮大吃起來。不一會兒，肚子脹得鼓囊囊的，嘴裡粘乎乎的，我們才無可奈何地望著剩下的一大半瓜發膩。

猛然間我感到一陣悵然和感傷：冒著這麼大的風險，費了這麼大的氣力，瓜卻吃不完。我支起身子，快快地說：

「回去吧。」

「這怎麼辦？」裘德指了指剩下的瓜。

我一腳把它踢成幾塊，踏上去，踩著。他們不解地看著我發愣。我揀起一塊，扔給他們。他們學著樣兒，也用腳把瓜踩得稀爛。地上到處是踩碎的瓜皮。我們咯咯地釋懷笑了。

「好了，沒事了。」我如釋重負。他們也茫然地點了點頭。

回家的路上，我心裡開始忐忑不安起來。雖然我知道弗萊德和裘德被我的行動所折服，但是我絲毫沒有勝利者的喜悅。

「你去哪兒了？」我一踏上走廊，爸爸就問我。

「玩水去了。」我有點心虛地說。

我撇頭向威爾斯先生的牲口棚方向瞟了一眼，明晃晃的月亮依舊高懸在天空，而視窗的人影不見了——他朝瓜地中央踽踽而來，我的心一下跳到了喉頭。

他逕自走到丟瓜的地方停下，四周看了看，接著彎下腰在地上摸了幾摸。他猛然直起腰來，嚎啕大哭起來，那呼天搶地的悲慟，令人同情，使人窒息，像刀子一樣直刺我的心。爸爸從椅子上倏地站起，而我的雙腿像釘住了似的不能動彈。

威爾斯先生踉蹌著，發瘋似的在瓜地上胡亂搜尋。他一邊嚎哭，一邊發狂似地踢著，西瓜一個個被踢得稀爛。過了一會兒他停止了哭泣，但腳仍然在不停地踩著，摧毀腳下的一切。爸爸趕上去，雙手抓住他。他一把將爸爸推開，爸爸趔趄著倒在地上。他雙眼發直，牙齒緊咬著下嘴脣，腳狠命的踢著，西瓜田上全是稀糊糊的一片。

最後，他在丟西瓜的地方停住了，胸部急劇地起伏著。地球的運動似乎戛然而止。

「我留種的瓜沒了。」他哭訴著，淚珠閃動著，從雙頰上潸然滾落。我還是第一次見到男人發出這樣痛苦的悲鳴。我有些不忍。

「我老婆入春以來，」他哽咽著，「一直病懨懨的。我本打算等瓜熟了，就給她吃了補補身子。瓜子還可留到明年做種子。她每天都掛念著問我，西瓜熟了沒？」

我不由得抬頭向他家望了一眼。面容蒼白清瘦的威爾斯太太和女兒維拉迪無力地倚在廚房門邊。我難受極了，猛地轉身，逕自跑回自己的房間。

這天夜裡，我輾轉反側，徹夜未眠。月亮也不知什麼時候躲進了雲層，黑暗籠罩著大地。我追悔莫及，十六歲孩子的虛榮和好強，竟使我向老人進行了這般挑戰。

天剛剛亮，我到廚房拿了一個紙袋，向低窪地走去。清新的空氣伴著露珠迎面吹來，雖然寒氣襲人，但也夾著淡淡的馨香。我怔怔地看著地上糊滿泥漿的西瓜皮，昨晚威爾斯先生如瘋似狂的情景又浮現在眼前。

瓜子七零八落地撒了一地，上面還粘著瓜瓤，粘糊糊的。我耐著性子，把一顆一顆黑色的瓜子揀了起來，小心地剔去上面的瓜瓤和泥漿。

一回到家，爸爸問我：「昨晚你幹了什麼？」

「爸爸，」我怯怯地說，「我想和威爾斯先生談談。」

「到底發生了什麼事？」爸爸緊緊追問。

「我害怕。你能和我一塊去嗎？去了就知道了。」我央求道。

「好吧。」他語氣緩和了一些。

他家門口有一條磚鋪的路。一踏上去，我雙腿就開始瑟瑟發抖。到了他家門口，心裡還怦怦地跳個不停。我敲了敲門。維拉迪來開門。

「我想和你爸爸談談，行嗎？」我耷拉著腦袋，沒敢正眼瞧她。

「你找我有什麼事？」威爾斯先生走了出來。他眼窩凹了進去，瘦了許多。他的眼睛直直地盯著我，好像我臉上長了什麼東西似的。

我躊躇了一會兒，然後咬了咬牙，遞上紙袋，鼓足了勇氣說：「威爾斯先生，這是您那個大西瓜的瓜子，我能找的都找回來了。」

爸爸和威爾斯先生吃驚地看著我，但是我沒有躲開他們的目光。

「瓜是你偷的？」他眼睛瞪得滾圓。

「是的，威爾斯先生。對不起。」我喃喃地回答道。

「你爲什麼要偷呢？」

「我也不知道。」

「難道你不知道那是我留種的瓜？」

他挺直了身子，眼裡突然射出一種奇異的光芒。我眞想溜之大吉，但雙腿沒有挪動。

「我太太需要那個西瓜，」他說，「我以前以爲她自己要吃，其實，她是想邀請左鄰右舍來做客，讓大家嘗嘗。可是，她太失望了。」

我慚愧地低下頭，說：「實在對不起。」

「孩子，你以爲把瓜子送回，就沒事了？」

「我想這樣我會好受些。」我抬起頭來解釋說，「西瓜已經難以復原了，不過，種子就是明年呀！」

「可是今年呢？你把今年的一切全毀了。」他又激動起來。

「我非常抱歉，實在對不起。」我再也不敢正眼瞧他，目光從他身上移向旁邊的維拉迪。

「不過，」威爾斯先生蹙著眉頭，瞅了我一眼，「我對自己昨晚幹的事也感到很羞愧。你毀了今年的一半，而另一半卻是我自己毀的。我們都有錯。」

「種子就是明年呀！」我搜腸刮肚，找不出其他合適的話，「明年我一定幫您，威爾斯先生。」

威爾斯先生這才看了我爸爸一眼，臉上露出一絲苦澀的笑容，目光卻柔和起來。

「我種這一大片地，倒也需要個男孩做幫手，特別是你這樣的小伙子。」他走到我跟前，把手放在我的肩胛上，「今年是沒辦法了，明年肯定要種的，我們一塊種！」

「好，威爾斯先生。」我偷偷地看了維拉迪一眼，她的眼睛在笑呢！

「不過有一點，威爾斯先生，」我脫口而出，「你不必再用什麼大西瓜來請大夥兒作客了。因爲門廊前沒多的空地了，我和維拉迪隨時要待在那兒喲！」

爸爸和威爾斯先生都忍不住哈哈大笑起來。維拉迪的臉刷地紅了。慌忙之中，我退出了大門。

作者簡介

波爾頓・迪爾，美國人，生平不詳。

悦讀分享

一個來自城市的青少年急於獲得同伴的認同與接納，做了一件別人不敢做的事。等到發現事情鬧大了，勇敢登門道歉，讓整件事有個美好的結局。

文中的「我」莽撞逞強。日子過得相當沉悶，決定向當地的「瓜王」威爾斯挑戰，趁他不備，把最大的西瓜偷走，跟兩位同伴享用。又把吃不完的部分毀了。看到威爾斯的激烈反應後，隔天偷偷把瓜子撿回，然後請求不知情的父親帶他去向威爾斯說抱歉，並且承諾隔年幫忙種瓜事宜，事情得以圓滿收場。

這篇文字稍長的作品，詳盡刻畫了青少年的心理轉化。「我」內心的描述恰到好處。日子過得悶燥，在河裡游泳後，決定在同伴面前表現一番，幹了一件別人料想不到的事。事後覺得自己應該承擔，請求父親帶他去道歉。在他與威爾斯對話時，父親沒有插嘴，也沒有厲聲開罵，讓孩子自己去處理。這種方式是適當的。孩子闖禍認錯，敢做敢當。這種教養方式是正確可取的。

全文敘述流暢，心理描繪可信。作者用一個魯莽又急於表現的男孩說了一個尋常孩子的成長故事。

垃圾中誕生的藝術家

薩娜．珍妮

社區一角的垃圾堆在陽光下顯得格外刺眼。旁邊的棚子就是我的辦公室——從今年夏天起，我將正式在愛荷華州伽菲德灣垃圾公司工作。棚子外面的那一堆是我從垃圾中挑出來的「精品」，都是些送去垃圾場掩埋太可惜的東西，如鬆了一格的木梯子、舊鐵鍬、生鏽的金屬配件、舊板條箱等等。

我也曾有一份體面的工作，在西部航空公司當部門經理，但突如其來的經濟危機令我失去了一切。

剛來的時候，我就注意到這裡有好多山雀，我喜歡聽牠們唧唧喳喳的叫聲，後來我還弄來鳥食餵牠們。往往剛投食，各種小鳥便飛撲而至，甚至還有松鼠。而我就把棚子當成掩體，躲起來悄悄觀察牠們。觀鳥成了我在垃圾堆裡上班最愉快的事。我甚至買了一本書，對照著上面的圖畫，一一辨認牠們。

夏去秋來，從加拿大吹來的寒風一天緊似一天，很快地上就會有積雪。到那時候，小鳥覓食便會成問題，牠們將更加依賴我。我應該給牠們做個更好的食盒，還有能夠遮風擋雨的窩。

那天，看著山雀啄食，我突然有了靈感。垃圾堆裡面有多少好東西可以拿來利用啊！我搜出一把舊梯子，將它安置在棚子旁邊；一隻方形盒子釘在梯子頂端；為了更好地保護它，我又翻出一個塑膠板，從中間扳彎了做成三角形屋頂；再放一些松樹枝條在梯步上做裝飾，好啦，一個高高的鳥食盒！

許多靈感接踵而至。我把另一隻廢棄塑膠盒粘在一隻舊雪橇上，然後用樹枝蓋上，掛在棚子外面。我還找到一隻生了青苔的舊板條箱，把一隻碗安在側面，做成一個鳥食盒；在和碗相對的另一面，我放了一隻陶瓷做的貓頭；嗯，還需要點兒什麼。我一眼看到一頂橄欖球帽，好，把它戴在貓頭上；然後，在箱子上放一些斷箭和樹枝。這看上去有點另類，不過，我很喜歡。

現在，來測試一下小鳥們喜不喜歡。我在新作品裡裝滿鳥食，溜進棚子。幾分鐘後，小傢伙們就爭先恐後地撲了下來。我剛開始新的構思，下班時間就到了。

第二天一大早，收垃圾的車來了，司機走出來，不向垃圾搗碎機那邊去，反而向我的鳥食盒這邊來。他難道要投訴我「貪汙」這些垃圾？

「這些都是你做的呀？」他好奇地東摸摸西看看，「非常古樸，很像在藝術畫廊看到的作品。」

「謝謝，」我回答道，「很高興你喜歡它們。」我敢打賭，我的臉肯定紅了。

「你該多做一些。」他臨走前對我說。

因爲受到了鼓勵，於是我又把舊靴子和一些松樹枝綁在生了鏽的鐵鍬上，掛在牆上。在它的旁邊，我掛上一隻舊輪胎，中間拴一條鐵鍊，吊著一只鳥食盒。

整個上午，附近的居民來了一批又一批，紛紛對我的作品評頭論足。「好看！有創意！眞了不起！」我倒覺得這些反應挺奇怪的，我不過是把人們丟棄的垃圾重新整理了一下，他們就對著自己的垃圾欣賞不已。「人呀，眞滑稽。」我對著自己，也對著小鳥嘀咕道。

那天下午，一輛高級轎車開了過來。一位打扮入時的高雅婦人從車上走出。「你能不能把那個賣給我，給你400美元？」她指著我那個由舊輪胎、鐵鍊、鳥食盒組成的「藝術品」說。

我驚訝得啞口無言。「啊，夫人，」呆住了一會兒，我才試著說，「是這樣，這不是我賣東西的地方。實際上，這是社區的垃圾處理站，你知道的。」

她怪異地看著我。「沒錯，這些原材料可能是垃圾，」她說，「可是你把它們變成了藝術品，很棒的藝術品！這樣吧，如果你改變了主意，就打電話給我。」她遞給我一張名片，開車走了，留下我站在原地，看著那個輪胎發呆。

也許，被改造的不僅僅是這堆垃圾，我自己也在這裡找到了自我。在這些人們丟棄的廢物中，我居然發現了美，找到了藝術的靈感。也許，是上帝在試圖啓迪我的潛力，還有我內在的藝術創造力。

不久，周圍的居民便陸續拿來一些東西，問我可不可以在我的藝術創作中派上用場。他們在這些鳥食盒旁邊攝影留念，還把他們的朋友從大老遠的地方請來，專程參觀我的作品。誰能料到一堆廢物會變成旅遊景點？更令人想不到的是，經當地媒體報導後，「垃圾藝術」迅速成爲新銳藝術的代名詞，以無可阻擋之勢席捲全美，那些我從未謀面的著名藝術家也在殿堂之上呼籲全民收集垃圾，打造自己的「藝術作品」。

但這一切都與我無關。我依舊當我的垃圾清理工，挑揀垃圾，在靈感來時敲敲打打做新的鳥食盒。

一天，一位叫約翰的中年男人來了，他住在這附近，他逕自走進我的棚子。「我來只是想告訴你，你做得很漂亮，作品也非常吸引人。」他說，「我想過來看看又有什麼新作品問世了。有你在，明明是最讓人嫌惡的工作，也變得有趣了。」

「謝謝，」我說，「這裡對我來說也成了個特別的地方。」陽光正照在一個舊電視機的螢幕上，我又有了一個新的靈感——把它變成一個鳥食盒，小鳥們將和戴安娜·克瑞一起歌唱。

廢物堆上，我迎來了新的一天，彷彿上帝在向我展示，一切皆有可能。與新的藝術靈感聯歡的一天就這樣開始了，我又有了新的追求。

作者簡介

薩娜·珍妮，生平不詳。

悅讀分享

一個被突如其來的經濟危機而失去一切的人，憑著超人一等的創意，改變了垃圾堆。垃圾本來並不討人喜愛，然而爲那些覓食的鳥獸設想，作者從丟棄的垃圾堆找到可用之材，改善周遭環境。她的隨意作品被譽爲藝術成品，還有人出高價要買，讓她受寵若驚。更有甚者，利用垃圾打造「藝術作品」，竟然蔚成風氣，席捲全美。作者不得不說：「被改造的不僅僅是這堆垃圾，我自己也在這裡找到了自我……彷彿上帝在向我展示，一切皆有可能。」

整容

〔美國〕 瓊安娜·史蘭

他的拇指輕柔地摩挲著我面頰上那塊受損的肌肉。整形外科醫生是一個整整大我十五歲的前輩，他是一個非常有魅力的男子。他的男子漢氣息和凝視的目光幾乎令我窒息。

他平靜地問：「您是個模特兒嗎？」

他是在開玩笑嗎？我心想，但我在他英俊的面孔上找不到一絲嘲笑的痕跡。我想沒有人會把我和時裝模特兒聯結在一起，因爲我臉上的傷痕可以證明：我是醜陋的。

那次事故發生在小學四年級。一個男孩丟來混凝土塊，在我的臉上劃了一條傷口，傷口癒合後就留下了一道傷疤。

爸爸安慰我：「對我來說，你永遠是美麗的。」我裝作毫不在意的樣子。在學校，我似乎沒有聽到同學的嘲笑，也沒有看到老師對我態度的變化，也很少留意洗手間鏡子中自己的影子。但我知道，在崇尚美麗的社會裡，一個醜陋的女孩就像是一個被拋棄的孤兒。每當我的家人觀看選美或時裝秀電視節目的時候，我就躲在自己的房間裡悄悄落淚。

我想雖然我不美麗，但至少要穿著得體。在後來的幾年中，我試著自己設計髮型、化妝以及服裝搭配，我學會把自己打扮得恰到好處。現在，我非常渴望結婚，但那個傷痕卻矗立在我和新生活之間。

「我當然不是模特兒。」我有點惱怒地回答。

醫生雙臂環抱在胸前，以品評的眼光看著我：「那麼你爲什麼在意這個傷痕呢？如果不是因爲一些專業原因必須除掉它，你今天何必來這裡呢？」

他的話又勾起了我的傷心往事。我想起在一次「女孩擇伴」的舞會上，八個男生拒絕了我的邀請，我的眼裡充滿淚水。我把手放到我的面頰上。那個傷痕證明，我是醜陋的。

醫生拉了一個小圓凳子在我旁邊坐下。他的聲音低沉而溫柔：「讓我告訴你我看到的你是什麼樣子。我看見的是一個美麗的女人，一個不完美，但很漂亮的女人。名模勞倫·赫頓的門牙間有一條缺縫，巨星伊莉莎白·泰勒的前額有一個微小的傷疤。」他幾乎是在耳語。停頓了一下，他遞給我一面鏡子：「我認爲任何一位卓越的女人都會有缺點，而且缺點會使她更美麗更卓越，因爲那會讓我們確信她是個活生生的人。」

他站起來把鏡子放回原處：「我不會做這個手術的，也希望你不要讓任何人在你的臉上拿刀愚蠢地亂劃。眞正的美麗來自快樂的內心。相信我。讓你明白這些是我的職責。」說完他離開了。

我的臉轉向鏡子。他是正確的。多年來我莫名其妙地看到那個醜陋的女孩變成了一個美麗的女人。

從那以後，我常常以一個自立女人的身分在數百人面前演講，而且好多男士、女士曾對我說過我是一個美麗的女人。我知道我是。

當我改變了怎麼看待自己時，其他人也改變了怎麼看待我。雖然醫生沒有除去我面頰上的傷痕，但他卻給我做了一次心靈整容，除去了我心靈上的傷痕。

作者簡介

瓊安娜·史蘭，美國人，生平不詳。

悅讀分享

這篇小說的主要內容在於強調文中的「我」找醫生要除去臉上的疤痕，醫生卻給「我」做了一次心靈整容，使「我」恢復了自信，變成一個美麗的女人。眞正的美不在於外表美，而在於內心。生活不可能盡善盡美，世上沒有一個十全十美的人，一個人不論外表如何，只要內心是積極、快樂、自信的，那麼他就是美麗的。

國家圖書館出版品預行編目資料

愛的傳奇：世界文學名作選 / 張子樟編譯.
-- 初版. -- 臺北市 幼獅, 2018.08
面； 公分. --(散文館；36)

ISBN 978-986-449-118-6 （平裝）

815.93 107011523

・散文館036・

愛的傳奇——世界文學名作選

編　　譯＝張子樟
封面設計＝張靖梅
出 版 者＝幼獅文化事業股份有限公司
發 行 人＝李鍾桂
總 經 理＝王華金
總 編 輯＝劉淑華
主　　編＝林泊瑜
編　　輯＝朱燕翔
美術編輯＝李祥銘
總 公 司＝(10045)臺北市重慶南路1段66-1號3樓
電　　話＝(02)2311-2832
傳　　真＝(02)2311-5368
郵政劃撥＝00033368

印　刷＝崇寶彩藝印刷股份有限公司
定　價＝250元
港　幣＝83元
初　版＝2018.08
書　號＝ 986286

幼獅樂讀網
http://www.youth.com.tw
幼獅購物網
http://shopping.youth.com.tw
e-mail:customer@youth.com.tw

行政院新聞局核准登記證局版臺業字第0143號